徳 間 文 庫

渋谷署強行犯係

虎 の 尾

今 野 　敏

徳 間 書 店

3　虎の尾

1

　午前中に二人の治療をした。

　本当は、治療と言わずに施術《せじゅつ》と言わなければならないらしい。だが、竜門光一《りゅうもんこういち》は、最近ではかまわずに治療と言っている。

　整体術は、医学ではないので、医者が使う治療や患者といった用語を使うべきではないということらしい。

　竜門も、桜新町《さくらしんまち》に整体院を開いたばかりのときは、それなりに用語には気を遣っていた。だが、そのうちにどうでもよくなってしまった。

　午後にも予約が何人か入っている。若い頃は一日何人施術しても疲れたと思うことはなかった。

　だが、中年を過ぎると施術がきついと感じることも増えてきた。昔、師匠に言われたものだ。

「術者の気力・体力が充実していないと、効くものも効かなくなる。それどころか、被施術者の悪いところをもらってしまう。人の体に触れるというのは、それくらいに恐ろしいものだ」

四十一歳の今になって、ようやくその言葉の重みがわかる。

「先生、お願いします」

アシスタントの葦沢《あしざわ》真理《まり》の声が聞こえる。

「はい、どうぞ」

竜門はこたえてから、大きく深呼吸をした。治療に前向きな気持ちになるためだ。お座なりにやっていたのでは、患者に失礼だし効果も上がらない。

真理に案内されて、患者が施術室にやってきた。

「先生、よろしくお願いしますよ」

施術室に入ってきたのは、辰巳吾郎《たつみごろう》だった。渋谷署刑事課強行犯係の刑事だ。長年この整体院に通っている。

「この時間は、別の予約が入っているはずですが……」

辰巳吾郎は、施術台に腰かけて言った。

「真理ちゃんに電話したら、キャンセルが出たとかで、そこに予約を入れてもらったんだよ」

予約をして治療に来たのだから、文句は言えない。だが、辰巳とはいろいろと因縁《いんねん》がある。

「あなたが、ここにやってくるときは、何か下心があると思っていたほうがいい。私はそう思っています」

「先生、そりゃないよ。俺の腰が悪いのは、先生だってよく知ってるじゃないか」

「ちゃんと治そうとしないからですよ。ちょっと調子がよくなると、顔を見せなくなる」

「忙しくてね……。なかなか時間が取れないんだ」

「そうやって疲労を蓄積させると、今に動けなくなりますよ」

「そうならないために、こうして先生のところに来ているわけだ」

気持ちはわからないではない。

何かに通うのは億劫《おっくう》なものだ。辛《つら》いときは、なんとか解放されようと足を運ぶが、痛みや苦しさが癒《い》えると、自然に足が遠のく。

実際、辰巳は忙しいはずだ。

彼と知り合ったのは、この整体院ができたばかりの頃だから、やはり十年以上前ということになる。今も、その頃と変わらず渋谷署の強行犯係にいる。

これは、警察官としては珍しいことだそうだ。たいていは、何年かで異動するらしい。

階級も当時と変わらず、巡査部長のままだ。これも、最近では稀《まれ》な例らしい。昇級試験を受けようとせず、現場にしがみつく刑事は、昨今では珍しいのだそうだ。

そういう警察官は、周囲から嫌がられる。辰巳は、今年五十六歳になる。普通の会社なら重役になっていてもおかしくはない。役所でもそれなりの役職についているはずだ。

警察官も例外ではない。たいていは、順当に昇級試験を受けて、異動を繰り返し、管理職になっていく。

だが、辰巳はそうではなかった。今でも「チョウさん」と呼ばれる主任のままだ。係長は、辰巳よりもずっと若いと聞いたことがある。

係長も、さぞやりにくいことだろう。

竜門は、事務的に言った。

「では、こちらのスポーツウェアに着替えてください」

辰巳は、よっこらしょ、と声を上げて立ち上がり、施術台の周囲にあるカーテンを自分で閉めた。

何度もうめき声が聞こえる。着替えるのに苦労しているらしい。どうやら、相当に腰が痛いらしい。

施術記録を見るまでもなく、彼の腰椎《ようつい》はかなりへたっていることがわかっていた。五十六歳にもなれば、人間どこかしら支障をきたしてくるものだ。

やがて、カーテンが開き、辰巳が言った。

「じゃあ、お願いします」

本来ならば、立った状態で動診や触診をするのだが、相当に辛そうなので、それは省略することにした。動診というのは、立ったまま左右上下に上体を倒したり、または捻《ひね》ったりしてもらい、体の歪《ゆが》みを診ることをいう。

辰巳の症状は知り尽くしているし、身体の癖《くせ》も知っている。

うつぶせになってもらい、まず両脚の長さを比べてみる。骨盤の歪みを診るためだ。右脚が短い。

たいていの人がそうだ。利き足が短い。よく使うほうの筋肉が硬直しているからであり、体重をかけるほうの骨盤が上方に歪むからだ。

次に椎骨に触れていく。

思ったとおり盛大に歪んでいる。腰の歪みは必ず胸椎の上部や頸椎《けいつい》に影響してくる。おそらく首も痛いはずだ。

辰巳が腰を悪くしたのは、もともとは膝《ひざ》のせいだ。若い頃に柔道で膝を痛めた。それをかばっているうちに腰に来たのだ。

人間の行動というのは、すべてつながっているので、ただ腰が痛いといってもそこだけを治療すればいいというものではない。

歪みの根本を探っていくことが早い治癒《ちゆ》につながる。そのためには、人の動きをよく知っていなければならない。

竜門が学んだ整体術は、もともとは武術とともに発展したものだ。源流を辿《たど》れば、沖縄首里王府の医術だったともいわれているが、定かなことはわからない。

その整体術を、縁あって若い頃に学ぶことができた。

武術・武道ほど人の動きについて厳密に研究している分野はない。竜門はそう信じている。その武道から派生した整体術もまたすぐれた技術だと、竜門は自負していた。

まず、いつものように骨盤矯正《きょうせい》から始める。短いほうの脚をほぐしながらストレッチしていき、同時にその動きを利用して腸骨と仙骨の関節部分を調節していく。

通常の人ならば、これだけで脚の長さがそろい、腰痛はかなり楽になるのだが、辰巳のように慢性の患者はなかなか手強《てごわ》い。

さらに追加で、仙骨と腸骨の関節部、つまり仙腸関節の調整を加える。ようやく骨盤の歪みが解消される。

竜門は、胸椎と腰椎、つまり背骨に沿って整圧していく。親指で押していくので、一般には指圧といわれるが、整体のような医業類似行為は厳密に区分されている。按摩《あんま》・マッサージ・指圧は、国家試験がある。また、鍼灸師《しんきゅうし》も同様に資格が必要だ。柔道整復師もまた、独自の法律の定めに従わなければならない。

つまり、整体師が、「指圧」をすると、厳密に言うと法律違反になるわけだ。だから指圧と言わずに、整圧、などと言う。同じ技術なのだから、ばかばかしいと思うが、役所が考えることというのは、そんなものだ。

長年この仕事をやってきて、竜門はすでに愚痴《ぐち》を言う気もなくしていた。

胸椎、腰椎の脇《わき》を整圧すると、内臓の働きもよくなる。内臓の反射点と呼ばれるものがそこに並んでいるからだ。これは、別に不思議なことでも何でもなく、内臓に向かう神経が胸椎、腰椎を通って伸びているからだ。

それから、硬くなっている筋肉をほぐしていく。そうすることで矯正がやりやすくなるからだ。

極端な言い方をすれば、筋肉をほぐさなくても矯正はできる。要所要所を矯正するだけで充分に効果はあるのだが、それでは金を払った患者が納得しない。マッサージはいわばサービスのようなものだ。

人体は連動しているので、とにかく全身を治療する。腰が痛いといっても原因は別にあるかもしれない。また患部だけにこだわらずに全身を治療するというのが、東洋医学の特徴でもある。

最後に腰に捻りを加えて矯正をする。派手な音が出るが、痛みはないはずだ。辰巳は施術されることに慣れているので、こうした矯正音にも驚いたりはしない。

三十分ほどで、施術は終わった。

「ああ、生き返ったようだ」

辰巳が言う。

「もっと定期的に通ってくれると、治療も楽なんですがね」

竜門が言うと、辰巳が笑った。

「そうしたいのはやまやまだがな……」

「疲労が蓄積していますし、おそらくヘルニアになっています」

「脅《おど》かすなよ」

「ヘルニアだからといって、怖がることはありません。今では、ヘルニアも自然治癒《ちゆ》するというのが一般的な見解です」

「へえ、そいつはありがたい話だな」

「でも放っておいて治癒するわけじゃないんです。丁寧《ていねい》に治療することが大切です」

「手術で治しちまう手もあるんだろう？」

「整形外科も日々進歩していますから、いい手術方法もあります。しかし、私は温存療法を勧《すす》めます」

「どうしてだ？」

「ヘルニアというのは、病変というよりも老化現象なんです。簡単に言うと、椎骨の間の軟骨が飛び出た状態です。それが神経に触《さわ》れば痛みが出ますが、飛び出た部分の位置によってまったく痛みが出ない場合があります。そういう状態だと治療する必要すらない」

「神経に触れている場合はどうするんだ？」

「牽引《けんいん》や矯正によって、その位置が変わるようにもっていくんです」

「なるほどな……」

辰巳は、スポーツウェアのまま、また施術台に腰かけた。やはり何か言いたそうだ。

竜門は、わざと黙っていた。

やがて、辰巳が言った。

「渋谷の宮下公園で起きた傷害事件を知ってるかい？」

竜門は辰巳のほうを見ずにこたえた。

「知りませんよ」

「三人組の若いのがさ、救急車で運ばれたんだ。三人とも外傷は目立たないんだが、見事にやられていたんだ。まあ、新聞にも小さく載っただけだから、気づかなかったのも無理はないな……」

「そんな事件には興味もありませんしね……」

辰巳は意味ありげな笑みを浮かべた。

「長い付き合いだ。そんなことはないと、俺は思っているんだがね」

「若いときならいざ知らず、そんなことにいちいち関心は持っていられません」

「まあ、聞いてくれ。その三人のうち、二人は肘《ひじ》関節を外《はず》されていた。一人は肩関節だ。係員が話を聞いたところ、三人とも何をされたのかわからないうちに、地面に転がっていたそうだ」

「酔ってたんじゃないですか？　酔っ払いの喧嘩《けんか》だと、よくそういうことがあります」

辰巳はかぶりを振った。

「その三人は、素面《しらふ》だったたんだよ」

「じゃあ、ドラッグでもやってたんでしょう」

「そいつもシロだ。いったい、何が起きたんだと思う？」

「わかりませんよ。どうして私にそんなことを訊《き》くんです？」

「手がかりがないんだよ。先生は武道の達人だろう？　何か心当たりはないかと思ってね……」

「私は、達人なんかじゃありません。それに、すべての武術・武道に精通しているわけでもない。私が知っているのは、自分が修行した空手だけですよ」

「だが、そいつはただの空手じゃない。沖縄古流の首里手《しゅりて》というやつだろう」

もっと若い頃は、こういう物言いに反発を覚えたものだ。

沖縄古流の空手が、ただの空手ではないというのは、まったくの認識違いだ。もともと空手は、沖縄で生まれたものだ。首里の王府につとめる士族が身につけていたのが首里手といわれるもので、それが空手の源流といっていいだろう。

辰巳が言う「ただの空手」というのは、本土に入ってから発達した競技を前提とした、スポーツとしての空手のことだろう。竜門が学んだ空手は、もちろんそうした空手とは方向性が違う。

首里の士族が日常的に稽古《けいこ》していたものであり、王府を守るために実戦的に研ぎ澄まされた技術だった。

さらに、武術であるからには武器術も学んだ。

沖縄の棒術やサイ、トンファ、ヌンチャクなどの武器術を、「沖縄古武道」という言い方をするが、それも厳密に言うと間違いだと、竜門は思っている。

武器術の中でも特に棒術は、空手とともに発達したものだ。かつて、沖縄では、「棒をやって空手も一人前」と言われたそうだ。つまり、武器術だけが古武術なのではなく、本来の空手も同様に古武術なのだ。

だが、そんなことを目くじらを立ててまくしたててもしかたがない。今では、適当に聞き流すことにしている。辰巳の一言で、こんなことをぐだぐだと考えていること自体、こだわっているということなのだが、それもまあ、しかたのないことだ。

「たしかに、私は空手をやっています。だからといって、街中の喧嘩で何が起きたかを理解できるわけじゃありません」

「専門家の意見というやつを聞きたいんだ」

「私は、喧嘩の専門家じゃない」

それを聞いて、辰巳はまたにやりと笑った。彼が何を言いたいか、想像がついた。

竜門は、これまで何度か、手強《てごわ》い相手と手合わせをしている。それも、公式の場ではなく街中で、だ。辰巳は、それを知っているのだ。

長い付き合いだから、いろいろなことがある。

「でも、どういうふうにしたら、肘や肩の関節が外れるかはわかるだろう。整体師なんだしな」

「次の予約がありますので、そういう話はまたにしてもらえますか?」

「次の患者は、午後二時からだろう。まだ十五分ほど時間がある」

「あらかじめ、そんなことを調べておいたのですか?」

「調べるってほどのことじゃない。真理ちゃんにちょっと尋《たず》ねてみただけのことだ」

これだから刑事は油断ならない。竜門は小さく溜《た》め息《いき》をついてから言った。

「肘や肩の関節を外すというのは、武道の世界においてはかなり一般的に見られる技術です」

「まあ、そうだろうな。俺も柔道をやっていたからわかるよ。腕ひしぎなんかで肘が脱臼《だっきゅう》することもあるし、肩は一度外れると癖になる。だがな、逆に柔道をやっていたからわかるんだ。何をされたのかわからないうちに、肘や肩の関節を外すなんて、ちょっと考えられない」

「柔道には反則技がありますからね」

「空手にだってあるだろう。寸止めルールだと実際に当てちゃだめなんだろうし、フルコンルールでは、顔面を殴っちゃいけないんだろう?」

「それは、あくまで試合のルールです。本来の空手に反則などありません。それは、柔道の元になった柔術でも同じことだと思います」

「つまり何か……? 柔道でも反則なんかを考えなければ、昨日の三人組にしたようなことが可能だということか?」

「実力者なら不可能ではないでしょうね」

辰巳は、考え込んだ。

「柔道家が容疑者ということになると面倒だな……」

「面倒？」

「どれくらいの競技人口か知っているかい？　日本中で二十万人ともいわれている」

「それは、試合に出る選手の人数でしょう。試合を引退した人も含めると、もっと多いんじゃないですか……」

辰巳は、肩をすくめた。

「雲をつかむような話だ……」

「でも、手がかりは手口だけじゃないんでしょう？　目撃情報もあるかもしれないし、何より、被害者たちが犯人を目撃しているんじゃないですか？」

「それがな、三人の被害者は相手をよく見ていないんだ。しかも不思議なことに、三人とも言うことがばらばらだ。一人は、おそろしく体格がよかったと言い、一人は、華奢《きゃしゃ》な老人だったと言っている。また、もう一人は、ホームレスだったと……」

「ホームレス……？」

「でもね、その発言はあてにならない」

「どうしてです？」

「その三人組はとんでもないやつらでな……。ホームレスに嫌がらせをしていたんだ。暴力を振るったり、テントに火をつけたり……」

「当然、その三人は罰せられるんでしょうね？」

「証拠がつかめなかった。それで、検挙に至らなかったわけだが、生安課《せいあん》の少年係はマークしていた」

「少年係……？　その三人は少年なんですか？」

「厳密に言うとな。二人が十八歳、一人は十九歳だ。学校にも行かず、仕事もせず、ふらふらしているやつらだ。そいつらが、いつからかホームレスに嫌がらせを始めたんだ。だから、ホームレスにやられたという発言は、信憑性《しんぴょうせい》が低い」

「そうでしょうか……」

「そうだよ。ホームレスを目の仇《かたき》にしているから、ホームレスに罪をなすりつけようとしているんだ」

「なるほど……」

納得したわけではない。あれこれ考えて反論するのが面倒くさかった。

辰巳がさらに言った。

「問題は、あとの二人だ。一人は、犯人の体格がよかったと言っている。もう一人は華奢で、しかも年寄りだったと言ってるんだ。これ、どういうことだと思う？」

「さあね……。働きもせず、勉強もせず、面白半分に他人に暴行を働くようなやつらでしょう？　そんなやつらの言うことなんて、はなから信用できないんじゃないですか？」

「それでも、証言は証言だ。調べる必要はある。犯人が二人いたということだろうか……」

「でも、三人はみんな同じ手口でやられているんでしょう？」

「そうだが……。同じ武道を学んだ二人が手を組んだとか……」

「三人組は何と言ってるんですか？　犯人が二人いたと認めているんですか？」

辰巳は苦い顔をした。

「いや、あくまで、相手は一人だったと言っている」

「だったら、一人だったんじゃないですか？」

「証言がばらばらなのはなぜだ？」

「そんなこと、私にはわかりませんよ」

「俺は、武道家の気持ちはわからないが、悪党の気持ちはよくわかる。やつらの証言がばらばらなのは、警察に犯人を捕まえてほしくないからだ」

「警察に捕まえてほしくない……？」

「自分たちで片を付けたいんだ」

「ホームレスに嫌がらせをしているような連中ですよ。そんな根性がありますか？」

「誰かを頼りにしているのかもしれない。くだらないやつらは、やつらなりの悪党のコネを持ってたりするからな」

辰巳が、自分に何をさせたいのか知らないが、関わりになるのはまっぴらだった。

「外で捜査情報をしゃべると問題になるんじゃないですか？」

「なに、今しゃべっていることは、捜査情報というほどじゃない。すでに報道されていることだ。それに、参考意見を有識者から聞くことは、ちっとも問題じゃない」

「一つ言えることは……」

竜門は、そろそろ話を終わりにしたかった。「武道家や武術家に何かをされたとしても、怪我《けが》からそれがどんな武道であったかを言い当てることなんてできないんです。ボクサーに殴られた傷も、空手家に打たれた傷も、見た目には同じなんです」

「だが、どこか違うはずだ。昔の話だが、先生は被害者の傷を見て、それが八極拳《はっきょくけん》の使い手によるものだと言い当てた」

「あれは、特徴的な傷だったからです。滅多にあることじゃありません」

「とにかく、あっという間に、三人の関節を外してしまうというのは、どういう技術なんだろうな……」

「実戦的な軍隊の格闘技では珍しいことではありません」

「自衛隊でもそういう訓練はするのかな？」

「さあ、それは自衛隊で訊いてください」

「軍隊の格闘技以外で、日本国内で考えられるのは、どういうものだい？」

「ですから、肘や肩の関節を外すような技は、どんな格闘技や武道にもあります。話を聞いただけで、どんな武道か言い当てることなどできません」

「空手にもそういう技があるということかい？」

「今時の本土の空手はどうか知りませんけど、もともとの沖縄の空手には、もちろんあります。空手の剛法《ごうほう》、つまり突き技、打ち技、受け技などは、そのまま柔法《じゅうほう》に使えます。型はそのようにできています」

「じゃあ、犯人が空手家の可能性もあるということか？」

「もし、そうだとしたら、ちゃんとした沖縄の伝統的な空手を学んだ人でしょうね」

「なるほどね……」

「しかし、その可能性は低いでしょうね」

「どうしてだ？」

「空手にも関節技や固め技といった柔法はありますが、あくまでも突きや蹴りがメインです。一瞬にして関節を外したということは、そういう技術に熟練しているわけです」

「関節を外したりする技術に熟練しているというのは……？」

「やはり、柔術系でしょうね」

「柔術か……」

「関節技や固め技といった技術は、柔道に受け継がれましたが、古来の柔術では、もっと多彩でなおかつ実戦的な技がたくさんあったはずです。関節を外すような危険な技も多かったと思います」

「柔道になって、そういう技が失伝《しつでん》していったということだな？」

「試合をするにあたっては、そういう技は禁じ手となります。つまり、反則技です。わざわざ反則技を稽古する人などいませんから、そういう技は失われていく。しかし、そういう危険な技こそが本来の武道の技なのです。他人をいち早く無力化することが武術の本来の目的ですから」

「先生は、そういう技を普段から稽古しているわけだな？」

「私が容疑者の一人ということですか？」

辰巳は笑った。

「そんなわけないだろう。俺が言いたいのは、先生のように古流の空手を稽古している人がいるように、古流の柔術を今でも稽古している人がいるんじゃないか、ということだ」

「そりゃ大勢いるでしょう。武田惣角《たけだそうかく》が創始した大東流合気柔術などは、愛好者も多いですからね……」

「大東流か……」

竜門は、本気で苛立《いらだ》ってきた。

「そろそろ次の患者さんが来るんですがね……」

辰巳は、ようやく診察台から立ち上がった。

2

辰巳はやはり俺のことを誤解している。

竜門は、心の中でそうつぶやいた。

武道の話になると何もかも忘れて夢中になると思い込んでいる。たしかに、もっとずっと若い頃に、そういう時期があったかもしれない。

だが、いつかは大人になるものだ。闘争というのは、若者の特権かもしれない。動物の闘争は生殖と深い関わりがある。

雄《おす》は自分の子孫を残すために、縄張りを定め、雌《めす》を確保しようとする。その過程で、闘争は避けられない。

喧嘩になると異常なほどアドレナリンが分泌されるのは、雄に残された動物としてのメカニズムなのだ。

だから、年を取るとその欲求がなくなる。動物の世界では、体力が衰えるだけでなく、生殖の必要がなくなれば、闘争の必要もなくなるからだ。

そういう自然界のメカニズムから、どんな生物も逃《のが》れることはできない。

竜門も、同様だ。

若い頃は、武術・武道に限らず、格闘技の試合を観るのも好きだった。テレビで、K－1やプライドといった格闘技の試合がよく放映されていた頃は、それなりに楽しく観戦していた。

だが、いつしかまったく興味を失っていた。だからといって、自分が修行している武道に興味をなくしたわけではない。実は、その逆だった。

正しい武道は、肉体を壮健に保つためにたいへん役に立つ。経験すればするほど、それが実感できた。竜門は整体師なので、そういう関心が強まっていったのかもしれない。

そして、沖縄の本来の空手を研究することで、合理的な身体の動きを知ることができた。西洋のスポーツ理論とはまったく違う身体論だ。

能や歌舞伎の動きにも通じるもので、体幹を鍛《きた》えることによって初めて可能になる強固で無駄のない動きだ。

沖縄の方言では、チンクチという。チンクチは「筋骨」が訛《なま》ったもので、正しい姿勢を保ち、合理的な関節の使い方を身につけた状態のことだ。

今の竜門にとって、空手は単なる戦いの技術ではなく、人生をよりよくするための重要な要素だった。

試合に出るわけではないので、無茶な稽古は必要ない。だから、体を痛めることもない。

若い頃に比べて運動量は減っているが、その分合理的に動くことを心がけている。

徹底的に無駄な動作を排除していく。

そうすることで、相手には見えない動きとなっていく。達人の動きというのはそういうものかもしれないと、竜門は思う。

もちろん、自分が達人だと思っているわけではない。達人と呼ばれるには、ただ技術に長《た》けているだけではだめだ。常人をはるかに超えた精神力がそなわっていなければならない。

精神力というと大げさだろうか。思い込みと言い換えてもいいかもしれない。

それから、三人の患者に施術して、その日の仕事を終えた。書類の整理をしていると、真理が施術室に顔を出して言った。

「先生……、お客さんなんですけど……」

「飛び込みの患者さんか？」

「いえ、そうじゃなくて、先生に用があるらしいんですけど……」

「らしい……？」

「何をおっしゃっているのか、よくわからないんです」

「外国人か？」

「いえ、そうじゃなくて……」

とにかく行ってみることにした。

玄関に背の低い老人が立っていた。髪は真っ白だ。よく日に焼けている。

竜門は思わず声を上げた。

「大城《おおしろ》先生」

「ハイ、竜門さん、お久しぶり」

そこに立っているのは、間違いなく大城盛達《せいたつ》だ。沖縄の首里手を最も純粋な形で守り伝えている空手家の一人だ。

かつて、沖縄では空手家のことを武士《ブサー》と呼んだ。士族階級を指すのではない。修行を積んで、人から尊敬される技量と人格を兼ね備えた人をそう呼んだ。

大城盛達は、現代の武士だと、竜門は思っていた。

「珍しいですね。先生が東京にいらっしゃるなんて……」

「島を出るのは億劫だけどね。たまには、竜門さんの顔でも見ようと思って……」

真理が言っていたことの理由がわかった。大城盛達は、もう八十歳を越えている。シマグチ（沖縄訛り）がきついのだ。

「ここでは、なんですので、自宅のほうにどうぞ。このマンションの四階です」

「じゃあ、一休みさせてもらおうね」

後片付けを真理に任せて、竜門は大城を伴って自宅に向かった。

一階の整体院を出て、四階の自室に向かう。大城の足取りはしっかりしている。旅の疲れも見せない。八十歳を過ぎているとはとても思えない。

「どうぞ、たいしたお構いもできませんが……」

「なに、四十を過ぎた独身男に、構ってもらおうなんて思っていないよ」

竜門の部屋は、殺風景だ。もともと家具を置くのが好きではない。フローリングのリビングは、時には稽古場になる。空手の稽古には、二畳ほどのスペースがあれば充分だ。

大城は、部屋の隅にあるカウチに腰を下ろした。

茶をいれようとしていると、ドアチャイムが鳴った。真理が玄関にいたので、竜門は驚いた。

「どうした？」

「お客さんでしょう？　何かお手伝いすることはありませんか？」

奥から大城の声が聞こえた。

「お嬢さん、お入りなさい。男だけだとむさくるしいからね」

真理は、竜門の返事を聞かないうちに言った。

「じゃあ、お邪魔します」

「ハイ、お嬢さん、別嬪《べっぴん》だねえ。竜門さんにはもったいないね」

竜門は言った。

「もったいないもなにも……。彼女はただのアシスタントです。整体院の職員ですよ」

「この人は、こういうところ、融通が利かないからね」

大城は真理を見てにこやかに笑っている。お茶をいれるのは真理に任せて、竜門は大城に尋ねた。

「何か特別な用事があっていらしたんですか？」

大城は笑顔のままこたえた。

「別に用なんかないよ。言ったでしょう。たまには、竜門さんの顔でも見ようと思ったわけさ」

そんなはずはない。

大城は、滅多《めった》に沖縄を出ない。東京までやってくるには、それなりの理由があるはずだ。

もしかしたら、真理がいるので話しづらいのかもしれない。だが、真理を招き入れたのは大城だ。

真理が三人分のお茶を運んで来た。

「にふぇーでーびる」

大城が言うと、真理が「え」と聞き返した。竜門が説明した。

「沖縄弁で、ありがとうと言ったんだ」

大城が真理に尋ねる。

「お嬢さん、お名前は？」

「葦沢真理です」

「アシスタントといったね？　真理さんも整体をおやりになるの？」

「ええ、先生から教わっています。最近は患者さんを任されるようになりました」

「それはいい。私もやってもらおうかね。どうも、最近腰が重くてさ……」

「私でよろしければ」

「気を許しちゃいけない」

竜門は真理に言った。「この先生は整体の腕も名人級だからね」

真理は目を丸くした。もともと大きな目がさらに大きくなる。

「あら、じゃあ、整体の先生ですか？」

竜門は説明した。

「空手の先生だ。私は、若い頃に所属していた団体を脱退してから、しばらく沖縄でいろいろな先生を訪ね歩いた。その頃からずっとお世話になっている」

「竜門さんは熱心でね。私は弟子を取らないと言ったのに、何度も何度も訪ねてこられてね……」

「へえ……」

真理が言う。「そういうときの押しは強いんですね」

大城が声を上げて笑った。

竜門はさらに説明した。

「空手も年月を経ればだんだんと変わっていく。ただ、習うだけではその変質に歯止めを掛けられない。本質を変えないためには、それなりの努力が必要だ。先生は、長年その努力をされてきた」

「それは、どういう努力なんですか？」

「積極的に理解しようとする努力だ。それは言葉で言うほど簡単じゃない」

大城はにこやかに言った。

「なに、私はただ型をやるだけですよ」

「掛《か》け試《だめ》しの不敗伝説をお持ちだ」

竜門が言うと、真理が尋ねた。

「掛け試しって、何です？」

「道場の外での腕試しだ」

「喧嘩ですか？」

「まあ、そんなもんだ。昔の空手家は、さかんに掛け試しをやったといわれているが、実は、先生が若い頃にはまだそういう風潮が残っていたそうだ」

「へえ……」

真理は、もう十年以上竜門とともに働いている。だが、彼女は大城に会うのは今日が初めてだった。

竜門も、これまで沖縄でしか会ったことがなかった。だから、突然訪ねてきたことに驚いていた。

大城はうまそうに茶をすすると、言った。

「ところで、渋谷の宮下公園というのは、どうやって行くんだろうね？」

「宮下公園……」

真理が言った。「ここにはどうやっていらしたんですか？」

「人にいろいろ訊きながら、ようやくたどり着いたんだよ」

「電車でいらしたのなら、渋谷を通ったはずですよね」

「そういえば、渋谷で乗り換えたかもしれない」

「宮下公園は、渋谷駅の近くですよ」

「そうかね……」

竜門は、ふと大城から危険なにおいを感じ取った。

それは大城の武術家としての本性だったのかもしれない。竜門は尋ねた。

「どうして宮下公園なんかに興味があるのですか？」

「今朝テレビのニュースを見てね……」

「もしかして、三人の若者が病院送りになったという話ですか？」

「鮮やかな手口だったそうだね。そのことを考えているうちに、気がついたら那覇《なは》空港に来ていたよ」

辰巳が言っていた事件に間違いない。

竜門は訳がわからなくなった。いったいなぜ、大城がその事件のことを気にかけるのだろう。

どうやら衝動的に飛行機に乗って東京まで来てしまったようだ。それはいったいなぜなのだろう。

どこから質問していいかわからない。大城はただ笑顔で茶をすするだけだった。

3

「先生」

竜門は言った。「気がついたら、那覇空港に来ていたとおっしゃいましたね？　衝動的に東京に来てしまったということですか？」

「衝動的というか……。本当に、気がついたら飛行機に乗っていたさ。マブイが落ちたみたいだったね」

魂が抜け落ちたという意味だ。

「何かに衝撃を受けられたということですか？」

大城はにこやかにこたえる。

「テレビでは、よくわからなかったけど、三人の若者があっという間にコロされたんでしょう。わくわくするさぁ」

真理が驚いた顔で言った。

「殺された？　怪我をしただけでしょう？」

竜門は説明した。

「沖縄で、コロすというのは、やっつけるという意味だ」

「じゃあ、本当に殺すことは何と言うんです?」

「死なすとか言うな」

「へえ……」

竜門は、大城に言った。

「わくわくすると言われましたね?　それだけでわざわざ那覇から東京にやってきたわけですか?」

「見事な腕前だったようだね」

「たしかに鮮やかな手口だったということですが……」

「アイ、詳しいことを知ってるんだね?」

「話を聞いただけです」

「誰から?」

「患者さんで、刑事がいるんです。その人から聞きました」

「どういう話だった?」

「二人は、肘の関節を、一人は肩の関節を外されたということです。それも、ほとんど一瞬のうちに……」

「アキサミヨー。一瞬のうちに関節を……」

「不思議なのは、やられた三人の、犯人についての証言がまちまちだということです」

「犯人についての証言がまちまち……？」

「一人は、犯人がホームレスだったと言っているようです。一人は、華奢な老人だったと言い、また一人は体格がよかったと言っているそうです」

「ふうん……」

大城は腕を組んで考え込んだ。

「三人は、わざとでたらめを言っているのではないかと、刑事は言っていました」

「どうして？」

「警察に捕まえてほしくないからでしょう。自分たちで仕返しをしたいと思っているのだろうと、刑事は言っていました」

「仕返しね……」

「私も、その刑事の言うことは当たっているんじゃないかと思います。どうやら、被害にあった三人は、けっこうタチの悪い連中らしいです」

「そういうやつらは、もっと悪いやつらと付き合いがあるだろうからね」

「そう思います。三人はホームレスに嫌がらせをするようなつまらないやつらだったそうです。自分自身の手で仕返しをするような根性はないかもしれない。でも、物騒な知り合いがいる恐れがあります」

大城は表情を変えない。穏やかな顔のままだ。

「明日、宮下公園に行ってみようかね」

「行ってどうするおつもりですか?」

「なに、東京見物さ」

「まさか、三人の悪ガキをやっつけた人物を探そうというんじゃないでしょうね?」

「どうだろうね……」

笑みを浮かべている。

「先生、ここは沖縄じゃないんです。東京には一千三百万人の人が住んでいるんです。その中からたった一人の人物を探し出すことなど不可能です」

「警察も探しているんでしょう?」

竜門はかぶりを振った。

「私に何か期待しても無駄ですよ。刑事から犯人についての情報を聞き出すなんてことはしませんからね」

「誰も、そんなことをしてくれとは言ってない」

「それでなくても、その刑事は、私のところに来て、あれこれ事件のことを話して行くんです」

「ほう……」

大城が興味深そうな表情になった。「それは、どうしてだろうね？」

「私が空手をやっているからでしょうね。傷害事件なんかが起きると、いろいろと意見を聞きに来るんです」

「竜門さんは、ただ空手をやっているだけじゃないさ。私の道場にやってきた人の中で、おそらく一番強い」

真理が驚いた声を上げる。

「えー、そうなんですか？　信じられない」

大城がうれしそうに笑う。

「真理さん、長い付き合いなんでしょう？　ご存じなかった？」

「もちろん、空手をやっているのは知ってましたけど、強いなんて思ったことありませんでしたね」

「この人は、ぼうっとして見えるからね」

竜門は、真理に言った。

「先生の言うことを真に受けちゃいけない。人を煙《けむ》に巻くのがうまいんだ」

「それは、こっちの台詞《せりふ》さぁ」

「今日は、わが家に泊まっていただけるのですね？」

「他に行くところはないからね」

「そうと決まれば、寝具の用意をしなければなりません」

「なに、このソファで充分だからね」

「そうはいきません。大切なお客さんです。それに、東京の六月は沖縄ほどあたたかくはないですよ」

「アイ、心配しなくてもだいじょうぶだからさ。このソファで上等よ」

「先生がそう言われるのなら……」

大城はなかなか強情だ。こちらがよかれと思って言うことも、自分の意に沿わなければ、頑《がん》として受け容《い》れない。

時計を見ると、午後七時を過ぎている。竜門は、真理に言った。

「すっかり遅くなってしまった。君はもういいよ」

すると、大城が慌《あわ》てた様子で言った。

「だからよー、男二人で飯食っても、うまくもなんともないさ。真理さんもいっしょに食事しましょうね」

「あら、うれしい」

竜門は顔をしかめた。

「知らんぞ」

真理が尋ねる。

「何がです？」

「大城先生の夕食というのは、際限なく飲むということだ」

「望むところですよ」

大城が言った。

「私も年取ったからね。昔のように飲むわけじゃないよ」

「ちょっと買い物に行って来なければなりません」

竜門は言った。「買い置きの食料がとぼしいので……」

「気にしなくていいよ。年寄りはあまり食べないからね」

「買い物なら、私が行って来ます」

竜門はその言葉に甘えることにした。

「先生は、好き嫌いはないはずだから、何か適当に見繕《みつくろ》って買って来てくれ。それと、泡盛《あわもり》を忘れないように」

「わかりました」

真理が部屋を出て行くと、大城が言った。

「突然で、迷惑だったろうね」

「いつでも大歓迎ですよ。ただし……」

「ただし……？」

「面倒なことはごめんです」

「竜門さんに、面倒はかけないからね」

「どうですかね……。どうして、宮下公園の事件に興味を持たれたんですか？」

「言ったでしょう。強い人の話を聞くと、わくわくすると……。最近じゃ、島でも掛《カ》け《キ》試し《ダミシー》をやる肝《チム》のすわった人がいなくなってね」

「度胸の問題じゃないと思いますよ。昔と違って、喧嘩《けんか》をすれば警察の世話になりますからね」

「情けないねえ。昔は、警察官も空手をやっていたから、こっそり掛け試しをやったもんさ」

「そういう時代じゃないんです」

「それでは、武士《ブサー》がいなくなってしまう」

竜門は、どうこたえていいかわからなくなった。

実際に、大城は実戦で技と度胸を鍛えた。それは、ただの喧嘩とは次元が違ったはずだ。間違いなく修行だったのだ。

彼が若い頃の沖縄には、それが認められる土壌があった。むしろ、空手家が腕を磨《みが》くのは当たり前という風潮だった。

そういう経験を経ないと、大城が言うように本当の武士は育たないのかもしれない。

だが、それでいいのかもしれないとも思う。

武術はスポーツに姿を変えていく。愛好者は試合で腕試しをする。そうやって、武術も洗練されていくのだという人もいる。

正直言って、竜門にはわからなかった。

空手を文化として大切にするというのが、竜門の基本的な姿勢だ。だが、掛け試しも含めて空手文化と考えるべきなのかもしれない。

とはいえ、今の世の中、毎夜掛け試しをして歩いたら、いつかは警察の世話になる。だから、竜門はただひたすら稽古をするだけで、空手の技を使おうとは思わない。その理論は整体に活かすことができるし、そういう空手の役立て方のほうが実り多いと信じている。

だが、大城の「それでは、武士がいなくなってしまう」という一言に、返す言葉がない。

竜門は尋ねた。

「では、先生は、宮下公園の事件の犯人を見つけて、戦ってみるおつもりですか?」

「そんなことは言ってないよ」

「しかし、宮下公園に行ってみたいと……」

「たしかに、犯人に興味はあるさ。どんな人か見てみたい。それより、どんな技を使うか見てみたい」

「二人の肘と、一人の肩の関節を、あっという間に外してしまったというんです。私は、刑事に言いました。柔術家の仕業《しわざ》かもしれない、と……」

「柔術ね……。柔術のことは、よく知らんな……」

「柔術は、柔道や合気道に姿を変えてしまったと考えている人も多いですが、今でも古流の柔術を修行している人は大勢います」

「柔術というと、ブラジルあたりで盛んにやっているやつね？」

なるほど、沖縄にいると、本土の話題よりも海外の話題に親近感を覚えるのかもしれない。日本の古流の柔術よりも、ブラジリアン柔術のほうが、大城にとっては馴染《なじ》みが深いようだ。

竜門はこたえた。

「いや、ブラジルの柔術は、もともと講道館の柔道家が指導に行ったのが始まりといわれています。あれは、柔術というより柔道の寝技が特化したものです。レスリングのバリエーションと考えていいでしょう」

「ヤマトの柔術は違うのか？」

「柔術にもいろいろありますが、代表的なものは、甲冑《かっちゅう》柔術でしょう。合戦場で、弓矢が尽き、槍が折れたとき、初めて太刀《たち》を抜きます。そしてその太刀も失ったとき、組み討ちをします。それが、甲冑柔術の原型です。ですから、古い柔術には、必ず小刀で首をかき切る技が残っています」

「なるほど……」

「例外はあるにせよ、ヤマトの柔術は剣術とともに発達しました。誤解を恐れずに言うと、剣術家が素手になったときに使うのが柔術です」

「ほう、それは興味深いね」

大城は言った。「もともと空手も、中国から入ってきた武術に、示現流《じげんりゅう》の理合《りあ》いがチャンプルーされてできたものだからね」

竜門はうなずいた。

当然ながら、そのことはよく知っていた。

空手の体系を作ったのは、松村宗棍《まつむらそうこん》という武士だったといわれている。一九世紀のことだ。松村は、佐久川寛賀《さくがわかんが》から中国武術を学ぶ一方、薩摩で示現流を学んだ。その腕前は、免許皆伝レベルだったという。

松村宗棍は、中国武術に示現流の理合いを加味して独特の拳法を編み出した。それが、後に首里手と呼ばれる空手の一派となる。

「日本の武術は、剣術を抜きには語れないということかもしれませんね」

竜門は言った。

「たしかにね」

大城は言った。「ウチナーの武士《ブサー》も、武器を使ったが、それはとても素朴なもので、とてもヤマトの剣術のような発達はしなかった」

大城の言うとおりだった。武器術としてだけ棒やサイの手を見ると、剣術のように体系化されているとは言えない。流派として確立しているわけではないし、剣術のように哲学的でもない。

しかし、間違ってはいけないと、竜門は思う。

「だからといって、棒やサイが劣っているわけではありません。沖縄の武器術は、それだけを見てはいけないのです。空手とともに発達したものですから、空手の一部として考えなければいけないと、私は思っています」

「アイ、竜門さんは、真面目《まじめ》だね。そのとおり、昔から、空手と棒は両輪といわれていたからね。棒をやらない空手家は、半人前さ」

「私も沖縄に行ってみて、初めてそのことを知りました」

「昔、ウチナーの武士には空手しかなかったからね。空手で王様を守っていた」

正確に言うと、かつて首里王府の城内では士族は帯刀していたそうだ。島津藩による琉球支配の時代には、首里王府の士族の多くが示現流を学んだ。

だが、大雑把《おおざっぱ》に言うと、大城の言うとおりだろうと、竜門は思った。空手こそが沖縄武士の誇りだったに違いない。

それからしばらくして、真理が戻って来た。

「すぐに食べられるものを、適当に買って来ました」

真理は、発泡スチロールのパックに入った刺身の盛り合わせを皿に移して、ソファの前にあるテーブルの上に載せた。

焼き鳥もある。さらに、台所で長ネギを刻み、削り節といっしょに豆腐にまぶして冷《ひ》や奴《やっこ》を人数分作った。

大城は笑顔で言った。

「上等、上等」

真理が大城に尋ねる。

「泡盛は、どうやって飲まれますか?」

「水割りでもらいましょうね」

竜門が、アイスバケットに氷を用意した。水割りを作るのは、竜門の役目だった。

「じゃあ、乾杯しましょうね」

大城が言った。

酒盛りが始まると、大城はさらに陽気になった。一時、宮下公園の事件のことなど忘れたように見えた。

真理とすっかり意気投合して話が盛り上がっていく。こういうときに、真理の屈託《くったく》のなさはありがたい。

「沖縄にいる頃の竜門先生って、どんな感じだったんですか？」

真理が尋ねると、大城が言った。

「追い詰められたネズミのようだったね」

「ネズミ……？」

「窮鼠《きゅうそ》猫を噛《か》むという諺《ことわざ》があるでしょう？　そのネズミさ」

「強かったって、おっしゃいましたよね？」

「強かった」

「でも、ネズミじゃ強そうじゃないですよね」

「だから、ただのネズミじゃない。追い詰められたネズミ。必死で猫にも噛みつくんだ。自分よりもずっと大きく、ずっと強い猫に、だよ」

真理が竜門に尋ねる。

「そんなに必死だったんですか？」

竜門は、泡盛を一口飲む。独特の香りがする。

沖縄にいる頃はよく飲んだ。だいたい、沖縄には酒といえばビールと泡盛しかないと思ったほうがいい。

だが、東京にいるときは、あまり好んでは飲まない。酒というのは不思議なものだ。泡盛は、沖縄という土地で、沖縄の料理を食べながら飲むからうまいのだと、竜門は思う。

「ねえ、聞いてるんですか？」

真理がさらに言う。

「聞いている」

「どうしてそんなに必死だったんですか？」

「さあな……。昔のことはよく覚えていないんだ」

大城が言った。

「この人はね、弱かったんだよ」

真理が聞き返す。

「弱かった？」

「はい」

「でも、さっき、大城先生の道場を訪ねてきた誰よりも強かったって……」

「強かったけど、弱かった」

「何ですか、それ……」

大城は、にこにこと笑っている。

「今は、ずっと強くなった」

「でも、若い頃のほうが体力もあったでしょう。今よりずっと練習もしていたでしょうし」

「それでも、今のほうが強い」

「わからないわ……」

「わからないだろうね」

大城は笑った。「それでいいのさ」

いつしか、大城の眼がとろんとしている。十一時を過ぎた頃、彼が言った。

「ああ、すっかり酔ってしまった。そろそろ休ませてもらおうね」

竜門は、驚いた。

沖縄にいる頃は、飲みはじめたら朝まで、というのが普通だった。旅の疲れもあるのだろうが、やはり年を取ったということなのだろう。

「では、毛布を持って来ます。本当にこのソファでいいんですね?」

「ああ、上等さ」

竜門がソファにシーツ、毛布、枕《まくら》を用意した。真理が食器を洗ってくれている。ソファに寝床を作りながら、朝まで飲み続けた頃のことを思い出し、竜門は少しだけ淋《さび》しさを感じていた。

4

翌朝、竜門は大城が早く寝てくれたことに感謝していた。それほど飲み過ぎたわけではないのに、胃がむかむかして、頭の中がどんよりしている。

竜門自身も、若い頃に比べてずいぶん酒に弱くなった気がする。特に、飲んだ翌日が辛《つら》くなった。

朝まで付き合わされたら、とても治療どころではなかったはずだ。

竜門が寝室から出て行くと、大城はまだソファで横になっていた。年寄は早く起きるものだという先入観があったので、ちょっと意外に思った。おそらく、まだ旅の疲れが残っているのだろう。

大城を起こさぬように、そっとバスルームへ行き、シャワーを浴びた。それでようやく、少しだけ気分がよくなった。

一階の整体院に行き、その日の予定を見る。午前中に二人、予約が入っている。施術室の準備をしていると、真理が出勤してきた。

「おはようございます」

「酒は残っていないか?」

「あれくらい、どうってことありませんよ」

やはり若さだな、と思う。

「それより、また出ましたね」

真理が、受付の準備をしながら言う。

「また出た？　何が……」

「ニュース、見てないんですか？」

「大城先生がまだ寝てらしたので、テレビはつけなかった」

真理が、待合室に置くために買って来た新聞を差し出した。

「また、渋谷で事件です」

竜門は、新聞を受け取った。社会面を開いてみる。それほど大きな記事ではない。

今度は犠牲者が四人だということだ。

場所は、やはり渋谷の宮下公園だった。被害者のことには詳しく触れていないが、人数から考えて、最初の被害者と同じような連中だろう。つまり、悪ガキだ。

竜門は、新聞を放り出して、仕事の準備を再開した。

そのとき、電話が鳴った。悪い予感がした。真理の声がする。

「先生、辰巳さんからです」

案の定だ。

「予約なら、君が受け付けてくれ」

「お話があるとか……」

竜門は、溜《た》め息《いき》をついてから受話器を受け取った。

「竜門です」

「先生、ニュースを見たかい？」

「今、新聞を読んだところです」

「俺は、同じ犯人だと見ているんだがな……」

「そうですか」

「テレビや新聞では発表されなかったが、被害者のほうが、金属バットや鉄パイプを持っていたんだ」

「武装していたということですか？」

「自警団気取りだったらしい。そいつらが、また見事にやられちまった」

「辰巳さん」

「何だ？」

「もうじき患者がやってくるんです」

「要点を言えということだな？」

「……というより、私があなたから事件のことを聞く理由はないと思うのです」

「こっちにはあるんだ。昨日、先生は、もしかしたら柔術家の仕業じゃないかと言ったね？」

「ええ、たしかにそう言いました」

「それで柔術家の何人かに話を聞きに行ったんだ。そうしたら、柔術というのは、和《わ》術《じゅつ》とも言って、制圧することが目的なので、相手を破壊するような技は使わないと言われた」

「柔術も近代化すると、そうなのかもしれません。でも、古い柔術にはまだ関節を外したり破壊したりする技が残っていると思います」

「今回の被害者のうち、二人は手首の関節を損傷している上に、あばらを折られていた」

「あばらを……？」

「明らかに打撃を食らったんだ。突きとか蹴りとかな……。それでも、犯人は柔術家だと思うかい？」

「わかりませんよ。柔術にも当て身技はありますからね。講道館の嘉納治五郎《かのうじごろう》が若い頃に学んだ、天神真楊流《てんじんしんようりゅう》ではよく当て身を使ったということです」

　辰巳がしばらく沈黙した。やがて、彼は言った。

「電話じゃナンだな。ちょっと話を聞きに行っていいかな？」

「何度も言うようですがね、私に何を聞いても参考にはなりませんよ」

「どうかな……。今日の午後、またお邪魔するよ」

「勘弁してください」

「嫌だと言うのなら、真理ちゃんに言って予約を入れてもらう。それなら断れないだろう」

辰巳は強情だ。何を言っても無駄だろう。

「わかりました。でも、本当に私の言うことなんて捜査の参考にはなりませんからね」

「それは、俺が判断するよ。じゃあ、後で……」

電話が切れた。

受話器をもどしたとき、真理が言った。

「患者さんです。よろしいですか？」

竜門は言った。

「ああ、施術室へ……」

辰巳がやってきたのは、午後三時過ぎだった。

「本当に予約を入れて来たんですか？」

竜門は、半ばあきれて言った。

「ああ、どうせなら、腰の治療もしてもらおうと思ってな」

「整体は、マッサージとは違うんですから、毎日やればいいというものではないんです。通常は、一週間から十日、間を取ってもらいます」

「わかってるよ。でも、やって毒になることはないんだろう？」

「ええ、お金が無駄になるだけです」

辰巳は、勝手に施術台に近づき、着替えを始めた。患者としてやってきたからには、追い返すわけにはいかない。

竜門は、治療を始めた。

「関節を外したり痛めつけるという手口はいっしょなんだ」

うつぶせのまま、辰巳が言った。

竜門は、何もこたえなかった。治療に専念する振りをしている。

辰巳がさらに言う。

「前回は、打撲がなかった。だが、今回は二人があばらを折られていた。手口がエスカレートしていると思わないか？」

返事をしないと、一人でしゃべり続けるだろう。竜門はこたえた。

「相手が武器を持っていたからでしょう」

「武器を持っていたから……？」

「金属バットや鉄パイプを持っていたと言いましたね？　そうなれば、必然的に間合いが違ってきます。遠い間合いから相手を制圧しようとしたら、関節技よりも打撃技を使わざるを得ないでしょう」

「つまり、犯人は、関節技と打撃技の両方を使えるということだな？　それはどんな格闘技だ？」

「何度も言いますが、やられた結果を見て、それがどんな格闘技かを言い当てることなどできないんです。関節技と打撃技の両方を練習するなら、総合格闘技などと呼ばれているものもそうでしょう」

「総合格闘技か……。昔、プライドなんてのがあったな……」

「言っておきますが、私は総合格闘技なんかには、興味もないので、まったく詳しくありません」

「そういえば、先生は、昔、Ｋ－１にも興味がないと言っていたな。空手やってるのに……」

「試合そのものに興味がないんです」

「不思議だな。先生だって、若い頃には試合に出ていたんだろう？」

「若い頃にはね……」

昨日治療をしたので、体の歪みはかなり改善されている。僧帽筋《そうぼうきん》や広背筋《こうはいきん》の張りも昨日より軽い。

こうしてちゃんとメンテナンスすれば、ぎっくり腰などの大事に至らなくて済むのだ。

「まあ、わからなくはないな……。俺も、二度と術科《じゅっか》はやりたくない」

術科というのは、警察の柔道や剣道の訓練だ。プロの訓練だけあって、相当に荒っぽいという話を聞いたことがある。

大学時代に武術や格闘技を部活でやっていた連中も、二度とやりたくないとよく言う。辛い思いは、若い頃だけで充分だということだ。

選手として華々しく活躍した人ほど、そういう傾向が強いようだ。おそらく、燃え尽き症候群の一つなのだろうと、竜門は思う。

だが、竜門が試合に興味を持てない理由は、それとは少し違う。試合が現実を反映しているとは思えないのだ。

試合に勝つためには、厳しい練習が必要だ。そして、試合には勝たなければならない。参加することに意義がある、という言葉もあるが、それは方便だ。

試合は勝つために出るのだ。ルールのあるゲームだからだ。

勝つために厳しい練習を積む。才能と体格に恵まれ、なおかつ練習によって体力をつけて、技術を研ぎ澄ます。そのこと自体は尊い行為だと思う。

しかし、目的を試合に特化することで、失われるものもある。武術は、もっと豊かなものだという思いが、今の竜門にはある。

その豊潤《ほうじゅん》さを味わいたい。

「右を上にして、横になってください」

辰巳は、もそもそと体を動かす。だが、昨日より辛そうではない。腰椎《ようつい》を捻って矯正《きょうせい》した。ばきばきと、矯正音がする。

左を上にして逆方向の捻りを加え矯正する。

腰椎の治療は終わったが、腰が痛いという患者でも全身を整えるのが、整体術の特徴だ。

胸椎、頸椎《けいつい》、肩関節、鎖骨と胸骨の接合点である胸鎖関節などを、丁寧《ていねい》に整えていく。

仰向《あおむ》けになると、辰巳はまた話しはじめた。

「興味がなくても、ある程度のことはわかるだろう？　総合格闘技の選手なら、あっという間に肘や肩の関節を外したり、あばらを折ったりできるかな？」

「総合の選手じゃなくたってできるでしょう。喧嘩であばらが折れることは珍しくない」

「素手じゃなかなかあることじゃないと、医者が言っていた。一般にあばらが折れるという言い方をするが、実際には骨がぽきりと折れるんじゃなくて、たいていは軟骨の亀《き》裂《れつ》骨《こっ》折《せつ》なんだって？」

「そうですね。固い骨が実際に折れることもありますが、打撲などでは、前面の軟骨部分の亀裂が多いですね」

「先生は折ったこと、あるかい？」

「あります。二度。稽古で一回、試合で一回」

「ほらね」

「何です？」

「先生は、何年空手やってる？」

「二十年ほどですね」

「若い頃は、相当に気合いを入れて稽古していたんだろう？」

「二十代の頃は、毎日稽古していました」

「多くの試合に出ていたんだろう」

「年に三、四回ペースで出ていました」

「それでも、あばらを折ったのは二度だけだ」

「そうですね」

「医者が言うには、何かのはずみで折れることはあるし、疲労骨折もあり得る。だが、たった一撃で肋軟骨《ろくなんこつ》に亀裂を入れるなんてことは、普通はできないそうだ」

「たった一撃で……?」

竜門は、思わず反応してしまった。辰巳はうなずいた。

「あばらを折られたのは二人だったと言っただろう。その二人には、他に打撲の跡はなかった。たった一撃であばらを折られ、手首のTFCCだかってやつを損傷していた」

TFCCというのは、手首の尺骨側にある靱帯《じんたい》と軟骨の複合体のことだ。手首は、肩や肘に比べてかなり複雑な構造をしているので、脱臼をすることはあまりないが、靱帯やTFCCを傷《いた》めることが多い。

TFCC損傷は手首の腰痛などと呼ばれることもあるくらいに、治癒《ちゆ》しにくい。一度傷めると、長く付き合う覚悟がいる。それが腰痛に似ているのだ。

「なあ、先生。一発であばらを折り、次の瞬間に手首を痛めつける武道って、見当がつくかい?」

「あばらを折られた次の瞬間に手首をやられた……?」

「そうなんだ。被害者に話を聞いたところ、そういうこたえだった」

竜門は、辰巳の上体を起こさせて、肩や背中を軽く叩き、最終調整をした。

「被害者は、四人だったと言いましたね」

「そう。四人だ。ああ、いい気分だ」

竜門は、施術カードに今日の治療の記録をつけながら言った。

「他の二人はどういう状態だったんです？」

「肘の関節を外されていた」

そこで、辰巳はふと考え込んだ。「なるほどなあ。さすが先生だ……」

「何がですか？」

「武器を持っていたから、ダメージが大きかったか……」

「だから、何です？」

「先生の言うとおりだと思ってね。あばらを折られた二人のうち一人は金属バットを持っていた。もう一人は、短い鉄パイプにアスレチックテープを巻いて持っていたんだ。だが、あとの二人は素手だった。つまり、武器を持っていた二人が打撃でやられていたということだ」

「それくらいは、誰だって想像がつきますよ」

「いや、俺は先生に指摘されて初めて気がついたんだ。他に何かわかったことはないか？」

「ありませんね」

「そうか……」

辰巳は、何度かうなずいた。それで諦《あきら》めたものと思っていた。

「じゃあ、先生の先生に意見をうかがってみるか……」

その一言に、竜門は驚いた。

「何ですって……？」

「沖縄から、先生の先生が出て来ているんだろう？」

「どうしてそれを……」

「真理ちゃんから聞いたんだ」

「あいつ……」

「おっと、真理ちゃんを責めちゃいけないよ。ちょっと世間話をしただけだ」

「刑事と世間話をすると、ろくなことにならないということがよくわかりました。これから気をつけることにします」

「先生の先生なら、きっといろいろなことを教えてくれるんじゃないかね？」

大城に、一番会わせたくないのが、辰巳だと思っていた。大城が東京に出て来た目的がまだ明らかになっていない。だが、二日前の事件に関心を持っているのは明らかだ。

なぜ事件に関心を持っているのかはわからない。本人が言うように、ただ単に、あっという間に三人をやっつけたという手口に興味を持っているだけなのかもしれない。

だとしたら、このまま東京見物でもさせて、沖縄に引きあげてもらうという手もある。

だが、大城が、犯人に会うことがあるとは思えないからだ。

そこに辰巳が絡《から》めば事情は変わってくる。


「先生には関わらんでください」

辰巳は、少しだけ申し訳なさそうな顔になった。

「怒らんでくださいよ、先生。こちらも、なんとか犯人を挙げたくて必死なんだ」

「警察の仕事に、私たちを巻き込まないでください」

「助けてほしいんだよ、先生」

「私に警察を助ける義理はありません。捜査員が何人も担当しているんでしょう？　素人《しろうと》の出る幕はありませんよ」

辰巳の表情が、急に沈んだように見えた。

「捜査員が何人も担当している、か……。一般の人はそう思うんだろうな……」

「そうなんでしょう？」

「先生……」

辰巳が溜め息をついた。「渋谷署管内で、毎日どれだけの事件が起きていると思う？」

「さあね……」

「渋谷署はでかい警察署だ。だから捜査員もたくさんいるよ。でもね、それ以上に事件がたくさん起きるんだ。繁華街を抱えているんで、喧嘩なんか日常茶飯事だ。マルBの揉《も》め事《ごと》も起きれば、風営法違反も多い。殺人だって起きる。いつだって人手不足なんだ」

「それが、あなたの手なんです」

「弱音を吐いてみせるのが、俺の手だってのかい？　そうじゃないよ。事実を話しているんだ。やる気のある刑事は、マスコミの注目度の高い事案を追っかけたがる。街のチンピラが怪我をしたくらいの事案なんて、誰も注目しやしない。そんな事件は、渋谷じゃ掃いて捨てるほどあるからな」

「それを、あなたが手がけているわけですね？」

「俺は、今年で五十六だ。あと四年で定年だよ。なのに、いまだに巡査部長だ。出世なんて、とうの昔に諦めてる。マスコミが注目しない事件なんて、そんな係のお荷物が手がけるしかないんだ」

「その言葉を額面通り受け取ることはできませんね。あなたは、現場にとどまりたいから昇級試験を受けなかったんでしょう？」

「警察ってのは、そんなに単純な組織じゃないんだよ」

「だからって、私たちがあなたを手伝う理由にはなりません」

「なあ、先生」

辰巳が言った。「先生の先生に会わせてもらえないか？」

竜門は、どうしようか迷いはじめていた。辰巳の泣き言に心を動かされたわけではない。二件目が起きたことで、竜門自身、かすかにではあるが、犯人に対する興味が湧《わ》いてきたのだ。

大城が何を考えているのかを知る必要もある。

どうするべきか、竜門は真剣に考えはじめた。

5

「六時に仕事が終わる予定です」

竜門は辰巳に言った。「それ以降に、自宅のほうに来てください」

辰巳の表情が明るくなった。

「先生の先生に会わせてくれるのか？」

「ややこしい言い方はやめてください。大城先生というんです」

「大城先生に会わせてくれるのか？」

「実は、大城先生のほうも、話を聞きたがっていた様子なんです」

辰巳が疑いの眼差《まなざ》しを向ける。とたんに刑事らしい顔になる。

「大城先生は、どうして話を聞きたいんだろうな?」

「昔気質《むかしかたぎ》の空手家なんです。どこかに強いやつがいると聞くと、じっとしていられないんです」

「なんだか、話が穏やかじゃないな……」

「だから、昔の話なんですよ。娯楽が少なかった時代には、沖縄では武士《ブサー》たちの噂話が飛び交っていたんです。どこの誰が強い、いや、あいつはもっと強い、といったように……」

「ブサーって、何だ?」

「空手家のことです。昔、空手をやっていたのは、首里王府の士族たちですから、空手家イコール武士、というわけです」

「なるほど……。誰が一番強いか、ね……。そう噂《うわさ》しあう気持ちはわからないではないな……。古今東西、そういう話は尽きないもんだ」

「そして、実際に武士たちは、噂の人物を訪ねていっては腕試しをするわけです。そうやって、いろいろな伝説が作られていったのです」

「どんな伝説があるんだ?」

「いろいろありますが、松村宗棍が与那嶺《よなみね》チルーを妻にしたエピソードは面白いですね」

「何だ、それは……」

「松村宗棍というのは、空手の祖と言われている人物です。中国武術と剣術の示現流の要素を組み合わせて、沖縄独自の武術を作り上げたのです。それが後《のち》の空手となったわけです」

「妻になった何とかという人は……？」

「与那嶺チルー。チルーは、沖縄の方言で鶴のことです。彼女は、当時有名な女武士《ウナグブサー》でした」

「ウナ……、何だって？」

「ウナグブサー。女性の空手家ということです。チルーは、父親からみっちりと空手を仕込まれて、男でもかなう者がいなかったということです。父親は、チルーに勝つ者がいたら嫁にやると公言していました」

「それで、松村宗棍が挑戦したというわけか？」

「そうです」

「妻になったということは、誰も勝てなかったチルーに、そのマツムラなんとかと言う空手家は勝ったということだな？」

「乳を攻めたという伝説が残っています」

「チチ……」

「乳房です」

「それはマジな話なのか?」

「どうでしょう。そういう話が伝わっているということしか、私は知りません」

「乳を攻撃しただけで勝てたのか? それまで戦った空手家たちは、いったい何をしていたんだ?」

「面白おかしく、話が脚色されているのかもしれません。とにかく、武士松村はとてつもなく強かったし、その妻になったチルーも強い空手家だったということでしょう」

「まあいい。十八時に先生の自宅だな?」

そう言うと、辰巳は施術室を出て行った。竜門は、次の患者を呼んだ。


施術をしながら考えていた。

辰巳と大城を会わせることにしたが、それでよかったのだろうか。

辰巳が竜門にあれこれ尋ねるのはいつものことだ。いつも無視しようとするのだが、たいていは巻き込まれてしまう。辰巳に利用されていることは充分に自覚している。

それでもつい、辰巳に付き合ってしまう。その理由について、竜門は実は自覚している。辰巳は、たいてい傷害事件など暴力的な事件について、竜門に意見を求めに来る。

竜門は、自分は暴力とは関係のない世界に生きていると考えている。だが、実は体の奥底にはまだ戦いを求める気持ちが残っているのかもしれない。

愚《おろ》かしいことだ。それはよくわかっている。人は大人になり、そして老いていく。他人と争うことをやめたときに、得られるものはたくさんある。

そして、今、竜門はその生活に満足している。だが、理性とは別の何かが自分の中にあることは否定できない。

辰巳は、その部分を刺激するのだ。

辰巳の訪問について迷惑な振りをしているが、実は楽しんでいる一面もあるのかもしれない。今回も、自分とは関係ないと辰巳に語りながら、実は辰巳の話に耳を傾けていたのだ。

一瞬にして相手の関節にダメージを与える技。それはどういうものだろう。つい、関心を抱いてしまう。

だが、竜門は自ら進んで辰巳に協力しようとはしない。それが、今の竜門の生き方だからだ。彼は、それを選択したのだ。

辰巳との関わりは最低限にしようと決めている。

大城の目的はまだわからない。それを知りたいとも思う。辰巳に会わせ、二人の会話を聞くことで、大城が何を目的としているのか知ることができるかもしれない。もし、何か問題があれば、それを知った後に対処すればいい。

竜門は、そう結論を出した。

今日最後の患者の施術を終え、竜門は時計を見た。

五時半だ。整体院を閉めて、真理を帰らせ、自宅で辰巳を待つことにした。


辰巳は、六時ちょうどに竜門の自宅にやってきた。近くで六時になるのを待っていたに違いない。そういうところは、妙に律儀だった。

刑事は時間に正確なのか、辰巳がもともとそういう性格なのか、竜門にはわからない。

今日一日、何をしていたのかと、大城に尋ねた。近所をぶらぶら散歩した以外は、ずっと部屋にいたということだ。

互いの紹介を済ませると、竜門は会話を二人に任せることにした。

辰巳が大城に言った。

「事件のことはご存じですか?」

「はい。沖縄で最初の事件を知って、東京に飛んできたんです」

「事件に関心がおありということですね？」

「関心はありますよ、もちろん。強い人が好きですからね。どんな技を使うのか見てみたいと思いますよ」

辰巳がさりげない口調で尋ねる。

「犯人に会ってみたいということですね？」

「会ってみたいですね」

「会ってどうなさるおつもりですか？」

「武道家はね、いつも考えているんですよ。強い人に会ってみたいと……」

辰巳は、もう一度尋ねた。

「会って何をしたいのですか？」

大城は、にこやかにこたえる。

「話がしてみたいねえ。どんな先生に習ったのか、どんな稽古をしたのか、そういうことを聞いてみたいのさ」

「なるほど……」

「刑事さんなら、事件のことを詳しくご存じなのでしょうね？」

「知っています」

「教えてくれますか？　どういう風だったのか……」

辰巳は、二つの事件について詳しく説明した。竜門が知っている内容と辰巳の話は一致していた。竜門が新たに聞く事実は一つもなかった。

大城の表情は変わらない。穏やかな表情で話を聞いていた。辰巳の説明が終わると、大城が言った。

「最初の事件でやられたのは三人……。二人が肘の関節を、一人が肩の関節を外されたと……」

「そうです。竜門先生は、柔術家の仕業ではないかと言われていました」

竜門は言った。

「大城先生の前で、私を『先生』などと呼ばないでください」

「整体の先生だからいいじゃないか」

「それに、私は柔術家の仕業だと言ったわけではありません。関節を外すような技には、どういうものが考えられるかと尋ねられたので、柔術家ならそういう技を知っているだろうとこたえただけです」

「しかしですね……」

辰巳が大城に言った。「私が会った柔術家は、そんな技は使わないと言うんですよ」

大城がこたえる。

「私は柔術というものをよく知らないからね……」

「私が会ったのは、大きな流派の先生でしたが、柔術というのは『和』を目指すものであり、相手を傷つけることを目的とするのではないと言われました。相手を傷つけずに制圧する技術が柔術なのだ、と……」

「立派なご意見ですね」

大城が言う。「でも、武術は相手をやっつけることが目的ですよ。その本質を忘れてはだめです」

「わかります。私も警察で柔道、剣道、逮捕術をやらされましたから……。柔道でも剣道でも、たいてい、偉い先生は、相手を制することが目的だとおっしゃる。でも、稽古では、えげつないこともけっこうやるわけです」

大城が笑った。

「兵法というのは、相手の虚《きょ》を衝《つ》くものだからね。卑怯《ひきょう》だなんだと言っても、負けてしまっては意味がないですよ」

大城の考えは、実にシンプルだ。

強くなるためだったら、何でもやる。その一言に尽きる。

ただし、その強さの意味がなかなか奥が深い。ただ単に、リングの上で相手をぶちのめすような強さではない。

だからといって机上の空論なわけではない。その強さを証明するために、大城は若い頃、さかんに掛け試し《カキダミシー》をやったのだ。

「竜門先生は、こうも言いました。やられたやつを見て、それがどんな武術でやられたのかを言い当てることなど不可能だ、と……。それについては、どうお考えですか?」

「アイ、竜門さんはいつもひかえめだからね……。あやふやなことは言いたがらないんですよ」

「ひかえめ、ということは、ある程度は見当がつくということですか?」

「昔の達人たちはね、やられたやつを見て、あ、これはどこそこの誰の手だ、とわかったといいます」

「先生も、傷をご覧になれば、どういう技でやられたのかわかりますか?」

「さあ、見てみないとね……」

大城は、実際に被害者たちに会いたがっている。どんな相手にやられたのか、何をされたのか、被害者たちから直《じか》に聞きたいのだ。

「お会いになりますか?」

「被害者たちにですか? 病院に入院しているのですか?」

「入院はしていません。必要な処置をした後、帰しました。自宅を訪ねることになると思います」

「ぜひ、行ってみたいですね」

「二度目の事件が起きたのは、昨日のことです。まだ、傷は生々しいと思いますよ」

刺身じゃないんだ、と竜門は心の中で思った。新鮮なうちに食べてくれとでも言っているように聞こえる。

「じゃ、すぐに行きましょうね」

大城が言うと、辰巳はうなずいた。

「では、被害者と連絡を取ってみます」

大城が言った。

「竜門さんも、いっしょに来てくれるね？」

大城を一人で行かせるわけにはいかない。

「わかりました。お供します」


最初に訪ねたのは、渋谷区神泉町三丁目のアパートに住む、十九歳のフリーターだった。

名前は、石崎祥司《いしざきしょうじ》。髪を短く刈って金色に染めている。耳や唇にいくつもピアスをしている。

痩《や》せていて、目つきが悪い。訪ねていった竜門たちに敵意に満ちた眼差しを向けてきた。若い頃なら、この目つきだけで、殴る理由にしていたかもしれない。

「まだ、何か用かよ?」

石崎が辰巳に言った。

「詳しく話を聞きたいという人がいてね」

石崎が、竜門と大城を見て言った。

「誰だよ、こいつら」

「おい、口のきき方に気をつけろ」

「俺、被害者だぜ。なんで口のきき方のこと、言われなきゃなんねえんだよ」

「被害者も加害者もない。目上の人には丁寧に接するもんだ」

「関係ねえよ」

辰巳といると、こういう連中に会わなければならないので気が滅入《めい》る。

昔のように腹を立てることはないが、石崎のように、世の中のほとんどが敵だと思っているようなやつと話をするのは疲れる。

おそらく、辰巳は毎日のようにこういう連中の相手をしているのだろう。その点だけは、褒《ほ》めてやってもいいかもしれないと、竜門は思った。

「傷を見せてくれないか?」

「見てわかんないのかよ。ギブスしてるんだぜ。見せられるわけねえじゃん」

石崎は、「ギブス」と言ったが、正しくは「ギプス」だ。

「肘を脱臼したんだな？」

「そうだよ。医者から聞いてんだろう？」

辰巳は、竜門に尋ねた。

「ギプスをする必要があるのかい、先生？」

「脱臼したときに、必ず靱帯《じんたい》の損傷を伴います。二週間から三週間固定する必要があります」

「なんだよ、そいつ医者かよ？」

辰巳が石崎を睨《にら》んだ。

「そいつ、なんて言い方するな」

「何と言おうと俺の勝手だろう」

「医者じゃなくて、整体師だ。それだけじゃなくて、空手の達人だ。そして、その隣の方は、その空手の先生だ。この人たちを怒らせたら、そんな怪我じゃ済まないぞ」

「空手……？　それが何の用だよ」

「だから、傷について聞きたいんだよ」

「医者でもねえのに、なんで傷に興味があるんだよ？」

「傷を調べれば、相手がどんな技を使ったか見当がつくかもしれないんだ」

「だから、ギブスしてんだから、無理だって言ってんだろう」

「そのようだな……。じゃあ、そのときの様子を詳しく話してくれ」

「そのときの様子も何も……」

石崎は、しかめ面をした。「あっと思ったときには、もう肘が外れてた。ものすごい激痛よ。まったく、むかつくよ」

大城が尋ねた。

「相手につかまれたのかね？」

「つかまれた……？　どういうことだよ？」

「手首をつかまれたかどうか知りたいのさ」

「覚えてねえよ。本当に一瞬のことだったんだ」

辰巳が言った。

「よく思い出してくれ」

「覚えてねえって言ってんだろう。なあ、俺、被害者なんだぜ。ああだこうだ聞かれる筋合いじゃねえと思うけどな」

「簡単なことだ。思い出せるはずだ。肘に痛みを感じる前に、手首をつかまれたかどうか。それだけのことだ」

「つかまれてねえよ」

「確かだな？」

「ああ、そんな暇はなかったはずだ」

「どういう意味だ？」

「殴りかかっていって、気がついたら肘をやられていたんだ」

辰巳が言った。

「殴りかかっただって？　それは初耳だな」

「正当防衛だよ。身を守るために戦ったんだ」

「仲間が武器を持っていたんだろう？」

「護身用だよ。前の日に三人やられたって知ってたからな」

「相手は一人だろう？　おまえの仲間は金属バットと鉄パイプで武装していた。それで、どうして正当防衛だと言えるんだ？」

「知るかよ。とにかく身を守るために殴りかかったんだ。二人、あっという間にやられちまったからな……」

「あっという間にやられた二人というのは、金属バットと鉄パイプを持っていた二人のことか？」

「そうだよ。だから、俺もやられると思って戦ったんだ」

辰巳は、かすかにかぶりを振った。

「どっちが先に仕掛けたのかは、今日は訊《き》かないでおくことにするよ。話が面倒になりそうだからな」

「だから言ってるだろう。俺は被害者だって……」

怪しいものだと、竜門は思った。

おそらく、仕掛けたのは石崎たち四人のほうだ。

大城が尋ねた。

「殴っていって、気がついたらやられていた。そういうことだね?」

石崎は、面倒臭そうにこたえた。

「そうだって言ってんだろうが」

「手首はつかまれていないんだね?」

「ああ」

大城は、辰巳に言った。

「もういいですよ」

辰巳は驚いたように言った。

「何かわかったんですか?」

「まあね」

大城は、石崎に言った。「はい、お邪魔しましたね」

そして、背を向けると歩きだした。辰巳と竜門はあわててそのあとを追った。

6

「何がわかったんです?」

大城に追いつくと、辰巳が尋ねた。

「あの若いのが殴りかかったというのが、謎を解く鍵《かぎ》さあ」

「謎を解く鍵……。古風な言い回しですね。でも、それはどういうことですか?」

大城は、「うん」と言ったきり、何も言わなかった。急に機嫌が悪くなったように見える。竜門にもその理由はわからなかった。

次に訪ねたのは、世田谷区松原一丁目のアパートだった。出てきた若者は、石崎よりもさらに人相が悪かった。

背は高くないが、胸板が厚い。まるで狂犬のような眼をしていると、竜門は思った。世の中のすべてが気に入らないという顔をしている。

名前は、苅田《かりた》譲《ゆずる》。石崎と同じく十九歳で、無職だ。髪は染めていないが、やはり短く刈っている。

それだけ言って、辰巳を睨みつける。だが、辰巳も負けていない。海千山千の刑事なのだ。ヤクザにだって貫目《かんめ》負けはしない。

「この二人が傷を見たいと言っている」

「傷……？」

苅田は、そう言ったきり、また辰巳を睨みつける。辰巳が石崎にしたのと同じ説明をする。

「傷を見れば、どんな技でやられたのか見当がつくかもしれないんだ」

苅田は何も言わない。しばらく考えている。間違いなく、石崎よりこちらのほうが危険な人物だ。弱い犬のようによく吠える石崎とは違う。余計なことは一切しゃべろうとしない。

「そんなことで、わざわざ来たのか？」

「そうだ」

「ご苦労なこったな……」

手首は固くテープが巻かれている。ＴＦＣＣの損傷も、まず固定することが重要だ。

大城が言った。

「手首を傷《いた》めているということは、あんた、あばらも折られているんだね？」

苅田が暗い眼を大城に向ける。何もこたえようとしない。

大城がさらに言った。

「そのあばらの傷を見せてもらえないかね?」

苅田は、しばらく考えている様子だった。

やがて、黒い長袖《ながそで》のTシャツをまくり上げ、湿布をはがした。

「暗くてよく見えないな……」

辰巳が苅田の体の角度を変えて、室内の明かりで傷を見ようとした。そのとたんに、苅田が反応した。

体をさっと引いて言った。

「触んな」

人に慣れていない獣のような反応だ。

「傷がよく見えるようにしたいだけだ」

苅田は、自ら体の角度を変えた。

大城がその傷を見る。赤黒い痣《あざ》になっていた。

「もういいよ」

大城は一目見るなり、そう言った。竜門には、ただの痣にしか見えない。だが、大城はその傷から何かを読み取ったようだ。

苅田はTシャツを下ろす。湿布は手に持ったままだ。

「用が済んだら帰ってくれ」

　大城が尋ねる。

「やられたときのことを教えてくれないか」

「あんた、何者だ?」

　辰巳がこたえた。

「沖縄の空手の達人だよ」

「沖縄の空手だと?　あの踊りみたいな型ばかりやってるやつか。俺はフルコンをやっていた」

　伝統空手に対するこうした誤解や偏見は、あるとき意図的に作られたものだ。その責任者たちは、今はもうこの世にいない。

　大城が再び言った。

「何が起きたのか、詳しく教えてくれないかね?」

　苅田はしばらく考えている様子だった。何を考えているのかまったくわからない。おそらく、どうやってつっぱねるかを考えているのだろう。

　やがて彼は言った。

「俺が近づいた。あばらに衝撃を受けた。息ができなくなった。次に手首に激痛が走った。それだけだ」

辰巳が尋ねた。

「たしか、おまえは鉄パイプを持っていたな。アスレチックテープを巻き付けた……」

苅田が辰巳を睨んだ。

「だから何だ？」

「もう一人の仲間は、金属バットを持っていたはずだ。凶器準備集合罪に当たるかもしれない」

「得物を持っていたのは二人だ。それで集合だって言うのか？」

「凶器準備集合罪は二人いれば成立する」

「護身用に持っていただけだ」

石崎も同じことを言っていた。

「おまえが先に鉄パイプで打ちかかったとしたら、凶器準備集合罪を含む傷害の罪ということになる」

「俺は被害者じゃないのか？　俺を逮捕したいのか？」

「協力してくれと言ってるんだ。おまえは、相手に近づいたと言ったな？　正確にはどういうふうに近づいたんだ？」

「正直に言っても、俺が被害者だってことは変わらないんだな？」

「ああ、変わらない。面倒なことは嫌いなんだ」

「あんたらが思っているとおりだよ。俺は鉄パイプで殴りかかったんだ」

大城がすかさず尋ねる。

「どういうふうに？」

「殴りかかるのに、どうもこうもあるか」

「パイプを振りかぶって上から打ちつけたのか、それとも横から叩きつけようとしたのか……。右手に持っていたのか、左手に持っていたのか、それとも両手だったのか……。いろいろ状況は違うさ」

「右手で持って、上から振り下ろした」

大城はもう一度、傷のあるあたりを見てうなずいた。

「わかった。邪魔したね」

石崎のときとまったく同じだった。苅田に背を向けると、大城は歩き出した。辰巳も竜門も、今度は慌てたりはしなかった。

「説明してもらえますね？」

辰巳が大城に言った。大城は、歩きながらこたえた。

「腹が減ったな……」

時計を見ると、八時を過ぎている。

「じゃあ、どこかで夕食を食べながら話を聞くとしましょう」

竜門は驚いて尋ねた。

「外食しながら、事件の話なんかしていいんですか？　へたすりゃ懲戒《ちょうかい》ものでしょう」

「ばれりゃあな。だけど、聞かれなきゃいいんだ。渋谷に沖縄料理の店がある。そこならオリオンビールも泡盛もある」

「アイ、それは上等だね」

大城は、笑顔を見せた。だが、機嫌が直ったとは思えなかった。何かを考え込んでいる様子だ。

「じゃあ、渋谷へ向かいます」

辰巳が大城に言った。

苅田のアパートの最寄りの駅は、京王井の頭線の明大前だ。そこから各駅停車で渋谷に向かった。

東急本店の向かい側にある店だった。竜門も、来たことがある。沖縄のことを思い出したくなると、よく沖縄料理の店に出かけるのだ。

沖縄そばは、今でも大好物だ。

辰巳は、店の従業員と顔馴染《かおなじ》みのようだった。店の一番奥の席を確保した。たしかにこの席だと、他の客に話を聞かれたりする心配はなさそうだ。

竜門はオリオンビールを頼むことにした。辰巳も同じものを注文した。

「勤務中じゃないんですか？」

「もう仕事は終わったよ」

「大城先生から話を聞くんだから、仕事でしょう？」

「世間話だよ」

大城は、泡盛の水割りを注文した。

「青桜《あおざくら》があるね。それをもらいましょうね」

青桜は、泡盛の銘柄だ。大城の最近のお気に入りのようだ。

島ダコ、ラフテー、スク豆腐、クーブイリチー、麩《フー》チャンプルーを注文する。

酒が来ると、大城はさっそくちびりちびりとやりはじめる。

竜門は、オリオンビールを一口飲んで、スク豆腐を頬張《ほおば》った。塩辛いスクガラスと固めの島豆腐がよく合う。竜門は、単純だが味わいのあるスク豆腐が好きだった。

辰巳はたちまち、ジョッキを飲み干した。二杯目を注文すると、彼は言った。

「傷を見たいと言われていましたが、ちらっと見ただけでしたね。何かわかったんですか？」

「見ただけじゃない。話を聞いたからね」

「何がわかりました？」

大城は質問にこたえずに、竜門に尋ねた。

「竜門さんは、何かわかったかね？」

正直にこたえた。

「わかりません。整体師ですが、ああいう傷のことはあまり詳しくありません。怪我は病院へ行くように言いますからね。捻挫《ねんざ》などは治療しますが、脱臼や靱帯損傷は整形外科の領分です」

「そういうことじゃなくてさ。武士《ブサー》としてどう見るか、ということさ」

「空手家としてですか……」

竜門は考えた。「さあ……。辰巳さんにも言いましたが、傷を見ただけで相手がどんな技を使ったか、なんてわかりませんよ」

「言ったでしょう。昔の立派な武士は、やられた人を見るだけで、相手の手がわかったと……」

「私は、そんな達人たちには遠く及びませんから……」

「アイ、竜門さんは、もう達人の域よ。わかってるけど、それに気づかないだけさ」

「わかっているけど、それに気づかない……？」

辰巳は、じっと二人のやり取りを聞いている。

「そう。竜門さんも、いっしょに傷を見たでしょう。ならば、わかったはずさ」

「いや、残念ながら、私にはわかりませんでしたね」

「自分の経験を軽く見ているから気づかないのさ」

「経験……？」

「もう一度言うよ。武士《ブサー》としてどう見るかさあ」

「これは、辰巳さんにも言いましたが、関節を外す技など、柔術や柔道にもあるはずです。傷を見ただけでは……」

「柔術のことはよく知らない。でも、柔術や柔道ではないと、私は思う」

「柔道ではない？　何を根拠に……」

そこまで言って、竜門は気づいた。

自分の経験を軽く見ているという言葉の意味を理解したのだ。つまり、今まで自分が学んできた技を思い出せということなのだ。

大城が急に不機嫌になった理由も、ようやくわかった。

石崎も苅田も、一瞬にしてやられたと言っていた。さらに、二人は攻撃した瞬間にやられている。

その状況を想像してみた。竜門にとっては馴染み深い感覚だった。

大城の技は、相手が攻撃してきた瞬間を狙う。つまり、カウンター技だ。それを、若い頃に徹底して叩き込まれた。

攻撃は最大の防御という言葉がある。だが、攻撃する瞬間が一番無防備であることも確かなのだ。

カウンター技は、年老いても、また非力《ひりき》な女性でも、遺憾《いかん》なく威力を発揮してくれる。しかも、武器を持った者を相手にするときにも有効だ。

大城が身につけている首里手《しゅりて》の奥義《おうぎ》はカウンター技だと言っても過言ではない。それは、剣術の理合いとも一致する。

多くの剣術の極意は、合《がっ》し打《う》ち、つまりカウンターなのだ。石崎も苅田もカウンターのタイミングでやられている。

「どうした……？」

辰巳が言った。「二人とも急に黙り込んで……」

竜門は、どうこたえていいかわからなかった。大城は、その言葉のとおり、傷を見て相手の技を見抜いたのだ。そして、同じことに竜門も気づいた。

大城が言った。

「竜門さんも気づいたのさあ。あれは、空手の技だって……」

辰巳が眉《まゆ》をひそめる。

「空手の技……？　待ってください。苅田のあばらが折れていたことは、空手の突きや蹴りを食らったのだと納得できます。でも、石崎は、肘の関節を外されていたんですよ。苅田も手首を傷めていた……。被害者のうち、全員が肘や肩の関節を外されたり、手首を損傷したりしているんです。空手の技とは思えないですね。竜門先生が言った柔術の技というほうが納得できます」

「ヤマトでは、空手が変わってしまったからね」

大城が言うと、辰巳が尋ねた。

「空手が変わってしまった……？　それはどういう意味ですか？」

「ヤマトでは、突いたり蹴ったりだけが空手だと思われている」

「沖縄では違うということですか？」

大城が竜門を見た。説明しろということだろう。

竜門は言った。

「前にも言いましたが、空手の突きや受け技は、そのまま関節技や投げ技として使えるのです。空手の型というのは、とても豊かなもので、全身の鍛錬《たんれん》にもなれば、敏《びん》捷性《しょうせい》を養うこともできます。そして、その中の動きは、いろいろな技に応用できるのです」

「たしかに、先生はそんなことを言っていたな……。しかし、どちらの事件のときも、先生は、空手の技かもしれないとは言わなかった」

「そのときは気づかなかったんです」

「どういう技なんだ?」

「確かなことは言えませんよ。なにせ、想像するしかないんですから……」

「それでいいよ。世間話だと言っただろう」

「肘の関節を外す技ですが、ナイファンチの技の一つとして私が習った技がまさにそういう技でした」

「ナイファンチ?」

「首里手の基本型です。基本の型ですが、首里手のあらゆる要素が凝縮《ぎょうしゅく》していると言ってもいい」

「どうやるんだ?」

「攻撃してきた相手に対して、その腕の外側に転身して、外受けの要領で相手の肘を固めます。そのときに、相手の腕を自分のもう一方の前腕で固定してやります」

　言葉で説明しても伝わりにくい。おそらく、辰巳は理解できなかったのではないだろうか。

「外受けって、何だ？」

「肘を九十度に曲げて、外側から前腕で打つように、相手の攻撃を受けるのです」

「それで肘が外れるのか？」

「タイミングが大切です。ちょっとでも位置がずれると肘が外れるどころか、相手は痛みすら感じないでしょう」

「被害者たちの証言によると、百パーセントの確率で技が決まっている。そんな微妙なタイミングをことごとく、しかも一発で決めることなどできるのか？」

「やった人がいるということですね」

「例えば、先生ならできるかい？」

「何です？　私を疑っているんですか？」

「そうじゃない。先生もずいぶんと空手の稽古をしてきたんだろう？　どの程度の腕ならそういうことが可能かを知りたいだけだ」

「どうでしょうね……」

そのとき、大城が言った。

「竜門さんならできるさあ」

辰巳は大城に言った。

「空手の技に間違いないんですね？」

「あばらの傷を見て、間違いないと思った。ただ打っただけじゃ、ああいう痣にはならない」

「どういうことです？」

「あれは、蹴りと突きを同時に同じところに入れているね」

「蹴りと突きを同時に……？」

「その瞬間に、息が止まったとあの若いのが言っていたね。しばらく息ができなかったはずだよ」

竜門は、その言葉を聞いて、またしても、はっとした。

カウンターで蹴りと突きを同時に同じところに撃ち込む技。それは、大城の得意技でもあった。

「なるほど、空手の技か……」

辰巳が言った。「しかも、本土に伝わった空手ではなく、沖縄の古流の空手ということになりますね？」

大城が言った。

「今時は、沖縄でもなかなかあれだけのことができる人はいないね……」

その言葉を聞いて、竜門は改めて思った。

大城は、なぜ突然那覇を発って、東京にやってきたのだろう。ただの好奇心とは思えなかった。

　それを尋ねてみたかった。だが、辰巳がいないところで質問すべきだと、竜門は考えていた。

7

　自宅へ戻ったのは、午後十一時頃だった。竜門は、かなり酒を飲んだはずだったが、まったく酔った気がしなかった。

　大城も、かなり泡盛の水割りを飲んだが、足取りもしっかりしていた。

　話を聞こうと思ったが、大城はすぐに寝ると言ってソファに作った寝床にもぐり込んでしまった。竜門も寝ることにした。

　話ならいつでも聞けると思った。ベッドの中で寝る前に本を読むのが、竜門の習慣だった。だが、今日は文章がなかなか頭に入ってこない。

　二人の柄の悪い若者の目つきが脳裡《のうり》にちらついた。そして、彼らから聞いた話が頭を離れない。

　彼らは、被害者とは言えない。どちらも先に手を出しているからだ。おそらく、怪我《けが》をした全員がそうだったのだろう。

犯人は、そういう技を使ったのだ。つまり、相手がかかってくる瞬間にカウンターを決めるような技だ。

それは、大城が得意とする戦法だった。古い言い方をすれば大城の手と言ってもいい。被害者の一人、苅田譲の脇腹には、くっきりと痣が残っていた。

大城によると、それは蹴りと突きを同時に入れたときにできる痣だという。竜門はあまり見たことはないが、大城には馴染みのものなのだろう。

蹴りと突きを同時に入れるのは、大城の得意技だった。竜門は、一度だけ実際に見たことがあった。

沖縄の酒場で、酔っ払いの米兵を相手に戦ったことがある。そのときに大城がその技を使ったのだ。

米兵は、ボクシングスタイルで構えて大城に迫った。さかんにジャブを繰り出してくる。だが、それは大城には届かない。

ボクシングの間合いに比べて、空手の間合いは遠い。苛立《いらだ》った米兵は右のロングフックを飛ばした。

その瞬間、わずかに転身した大城は、突きと蹴りを米兵のあばらに叩き込んだ。近代空手やムエタイのような蹴りではない。膝《ひざ》と足首をコンパクトに曲げ、下からハンマーのように振り上げる蹴りだ。

その一撃で米兵は沈んだ。

竜門は、その戦いを見てから自分でもやってみようと、サンドバッグ相手に練習したことがある。だが、実際に使ったことは一度もなかった。

犯人は、大城の得意技を使ったことになる。それは、大城が突然那覇を発って東京にやってきたことと無関係ではあり得ない。

大城がやったという可能性はないだろうか。ふと、竜門はそう思った。ニュースを見て那覇から飛んできたと言っていたが、実は、かなり前から東京に出て来ていたという可能性もある。

いや、と竜門は自らの説を否定した。

もし、犯人が大城だったなら、被害者の石崎と苅田が気づかないはずはない。

第一、大城は東京にまったく土地鑑《とちかん》がない。犯人は大城ではない。彼は、犯人に会いたがっているのだ。

では、犯人が大城と同じ技を使ったのはなぜだろう。そして、なぜ、大城は犯人に会いたがっているのだろう。

考えられることは一つだ。犯人は、大城から空手を習った人物だ。それも、中途半端な修行ではなく、達人の域に達している。

大城は犯人を知っているということになる。だが、そんなことがあり得るだろうか。

大城は、犯人の手口を詳しく知っていたわけではない。ニュースで出来事を知ったに過ぎない。それだけで、犯人を特定することなどできるだろうか。

とにかく、大城に話を聞いてみよう。それしかない。そう決めると、ようやく睡魔がやってきた。


翌朝、竜門が寝室から出て行くと、すでに大城は目覚めていた。

「今、お茶をいれます」

「ウッチン茶はないだろうね……」

「ありますよ。今は東京でもウコンが手に入ります」

「それは上等だね」

竜門も時々ウッチン茶、つまりウコン茶を飲む。ウコンは一度に大量に取り過ぎるとかえって肝臓の毒になるが、沖縄の人々が古来から飲んでいるように、薄めの茶として飲むと良薬となる。

沖縄の人々が酒に強いのは、ウッチン茶のおかげだと言う人も多い。

茶をすすり、竜門は尋ねた。

「先生は、どうして今回の事件の犯人のことを気になさるのですか?」

「言ったでしょう。強い人がいると会いたくなるって……」

「それだけでわざわざ那覇からおいでになるとは思えません」

「アイ、本当にそれだけさ」

「昨日見た傷、あれは間違いなく空手の技でできたものでしたね」

「竜門さんがそう思うなら、間違いないさ」

「それも、先生が使う技でしたね」

「私の技というけれど、何も特別なものじゃないさ。誰でも使える」

「でも、先生は事件のニュースを見て、犯人がご自分と同じ技を使ったと思われたのではないですか?」

「アキサミヨー。そんなことができるはずないさ。私は超能力者じゃないんだからよ」

「それ以外に、先生が突然東京にいらっしゃった理由が思いつきません。そして、この事件にこだわっておられる理由が……」

大城は、ウッチン茶を飲み干した。

「理由なんてないさ。ただ、興味があるだけさ。オイ、竜門さん、久しぶりに型を見せてくぃみそーれ」

話を打ち切るために型をやってみろと言っているのだ。それはすぐにわかったが、大城に型を見てもらう機会などそうそうあるものではない。

またとない好機なのだ。これを逃す手はない。

「何をやりましょう」

「パッサイがゆたさんやいびーん」

パッサイがいいでしょう、という意味だ。本土ではバッサイと発音されることが多いが、沖縄ではパッサイと呼ばれるのが一般的だ。パッサイは、竜門が好きな型だ。大城が自ら学び、教える型は、喜屋武朝徳《きゃんちょうとく》という武士《ブサー》の系統のものが多いが、パッサイだけは、知花朝信《ちばなちょうしん》という武士の系統のものだ。

知花のパッサイは、チュラディーと呼ばれた。チュラは美しいという意味で、語源は「清ら」だといわれている。つまり、チュラディーは、美しい手という意味だ。そう呼ばれるだけあって、舞いのように美しい型だ。

昔、大城から、「どんな型でも半畳あればできる」と教えられたことがある。型を稽古するのに広い場所が必要だと考えていた竜門は、驚いた。

要するに、一歩前進するところを、その場で足を差し違えればいいだけのことだ。そうやって狭い場所で型を稽古することで、しっかりした体の軸《じく》を養うことができるとも教わった。

だから、リビングルームは竜門がパッサイをやるのに充分な広さがあった。

さすがに竜門は緊張した。大城に型を見てもらうのは何年ぶりだろう。その間、稽古を怠《おこた》っていたわけではないが、昔のように熱中していたわけではない。

パッサイをやり終えたときには、息が上がっていた。自分で型をやるときにこれほど息が切れたりはしない。師匠に見られているという意識があるので、いつもより力んでしまっていたのだ。

「型の大切なことを忘れてやあらんよ」

大城も普段は意識してヤマト言葉を話しているが、空手のことになるとシマグチが出る。型の大切なことを忘れてはいけないと言っているのだ。

続けて、大城は言った。

「どんな型も、強く受けて、強く突いて、強く蹴る。それが基本さー。なーちゅけー、やってからみようさい」

もう一度やってみなさいと言っている。

竜門は、あらためて認識した。空手は、型を稽古するものではない。型で稽古するものだ。型は、うまくきれいにできればいいというものではない。型を使って身体能力を高め、技を鍛《きた》えるのだ。

強く受ける、強く突く、強く蹴る。その単純なことが一番大切なのだ。そして、無駄な動きをなくしていくことが重要だ。

だから、達人の型はひじょうにシンプルに見える。

日本の大きな大会で型試合が行われているが、そういう場で競っている型は、本来の型ではない。竜門の眼から見ると、実に不自然な型なのだ。

言われたとおりに、強く受けて、強く突き、強く蹴ることだけを心がけてパッサイをやった。

たった二度型をやっただけなのに、汗が噴き出してきた。

「転身のときに、腰を回してはあらんやっさー」

そうだった。方向転換をするときに、足の裏を床に付けたままでは、どうしても体が大回りしてしまう。とんとん、と足を踏み違えるようにすることで、素速く体面の方向を変えることができる。

もう一度パッサイをやった。

大城は、満足げにうなずくと言った。

「ワンシュウをしっかりやるといいね。そうすると、パッサイがもっとよくなる」

「はい」

パッサイもワンシュウももともとは泊手《とまりて》と呼ばれる系統だ。ワンシュウは、基本的な受け技、突き技が多い。ワンシュウで基本技をもっと鍛えろと言っているのだ。

わかっていたが、まだ不充分だったということだ。やはり、師の眼というのは大切だと思った。

竜門は、シャワーを浴びると、大城と二人で朝食をとった。食事が済むと、整体院に行かなければならない時刻になった。

結局、はぐらかされてしまったな……。

竜門はそんなことを考えながら、施術をしていた。大城から話を聞き出すつもりだったのだが、うまくかわされてしまった。

大城は、どうして東京にやってきた目的を隠すのだろう。そんな必要はないはずだ。何でも相談してくれればいい。話をしてくれないと力にもなれない。

午前の施術を終えて、昼休みに部屋に戻った。大城が横になっていた。昼寝をしているのだろう。やはり年を取ったのだなと、竜門は思った。

「アイ、竜門さんか……」

物音で気づいたようだ。

「お休みでしたか……」

「いや、退屈なんで横になっていただけだよ」

「テレビでもご覧になればいいのに……」

「ああ、そうだね」

「お昼を用意します」

「にふぇーでーびる」

午後になり、施術をしていると、また辰巳が整体院に現れた。

「よう、先生」

「今日は、予約でいっぱいですよ」

「整体はいいんだ。話を聞きに来た」

「話すことなんてありませんよ」

「先生から聞きたいわけじゃない。大城先生から聞きたいんだ」

「大城先生にだって、もう話すことはないはずです」

「それは、直接本人から聞くよ。部屋にいるのかい？」

いるはずだが、それを簡単に認めたくなかった。

「さあ……。散歩にでも出ているかもしれません」

「訪ねてみるが、いいな？」

「私がいないところで、勝手に先生に会わないでください」

「嫉妬《しっと》深い女みたいな言い草だな」

「何とでも言ってください。勝手に部屋に入ったら、住居侵入罪で訴えますよ」

「刑事になんてこと言うんだ。わかったよ。先生の仕事が終わるのを待つよ。何時に終わる予定だ？」

「どうせ真理ちゃんから聞いているんでしょう？」

辰巳はにっと笑った。

「十七時には全部終わるはずだな？　その頃にまた来るよ」

辰巳は整体院を出て行った。

彼は大城を利用しようとしている。いつも竜門を利用するように。それが面白くなかった。

だが、結局協力することになるのはわかっていた。辰巳にもそれがわかっているのだ。だから、余計に面白くなかった。竜門は、午後の仕事を黙々と続けた。

午後五時ちょうどに、辰巳が再びやってきた。相変わらず時間には几帳面《きちょうめん》だ。

「大城先生に会わせてくれるな？」

「断るわけにはいかないんでしょう？」

「捜査だからな」

整体院を出て部屋に向かった。息を切らして辰巳が尋ねてきた。

「どうしてエレベーターを使わないんだ？」

「足腰が衰えるのが嫌なんです。辰巳さんはエレベーターを使えばいいのに……」

辰巳は、ひどく不機嫌そうに言った。

「俺も少しは痩せないとな……」

大城はソファに腰かけ、テレビを見ていた。

「アイ、辰巳さん。ハイサイ」

「大城先生、昨日はどうも……」

「こちらこそ」

竜門は、三人分の茶をいれた。

竜門と辰巳はダイニングテーブルから椅子を持ってきて座った。辰巳が大城に言った。

「昨日会った二人は、間違いなく空手の技でやられたんですね？」

大城はうなずく。

「間違いないさ」

「それも、本土に伝わって近代化した空手ではなく、沖縄古流の空手の技だと……」

「そういうことです」

「では、犯人は沖縄出身ということですか？」

「さあ、それはどうかね……。実際、竜門さんはウチナンチュじゃないけど、立派に空手をやっているからね」

「先生に習ったわけですからね」

「そう。私が教えた」

「もしかして、先生は犯人に心当たりがおありなんじゃないですか？」

「心当たりなんて、ないですよ」

「では、どうして犯人に興味をお持ちなんです？」

「昨日も言ったと思いますよ。強い人がいると聞くと、じっとしていられないんですよ」

「そのために、わざわざ東京にいらしたのですか？」

「そうです。年寄は暇ですからね」

「ニュースを見て事件のことを知り、すぐに東京にやってこられたのですね？」

「はい」

「普通はそんなことはしないいんじゃないですかね？　よっぽどの理由がない限り……」

「理由はあります。私たちのような者にとって、強さというのは何よりも重要なものです。だから、強い人が現れたら、どうしても会ってみたいと思ってしまうわけです」

　辰巳が訪ねて来ることについて、少々迷惑だと思っていたが、今日は少しばかり事情が違った。竜門が訊きたかったことを、代わりに質問してくれている。

　だが、大城が辰巳に話すはずがないと思った。竜門にすら話してくれないのだ。刑事は尋問のプロだが、大城も一筋縄ではいかない。

「大城先生、何か困っていることがあれば、協力しますよ」

意外な言葉だった。竜門は、思わず辰巳の顔を見つめていた。辰巳は、真剣な表情だ。大城は、相変わらず飄々《ひょうひょう》としている。

「別に困っていることなんてないですね。竜門さんがいろいろ面倒見てくれますから」

「では、言葉を換えましょう。何か心配なことがおありなら、相談に乗ります」

「心配事も、別にないですね」

辰巳は、何度かうなずいてから竜門のほうを見た。

「犯人は、渋谷の悪ガキをやっつけて歩いている。こういうことが続くと、悪ガキのほうも黙ってはいないはずだ」

竜門は、昨日会った苅田という若者の眼を思い出した。狂気すら感じさせるほど凶暴な眼だった。

竜門は辰巳に尋ねた。

「仕返しをする、ということですね？」

「苅田たちが武装していたのは、身を守るためなんかじゃない。やつらは、パトロールをしていたのさ。犯人を見つけたら、殺すつもりだったのかもしれない」

「だが、返り討ちにあってしまった……」

「いつまでも犯人が勝ち続けるとは限らない。たちの悪い連中だからな。腕の立つやつだって中にはいるだろう。それに、ケツ持ちが動き出さないとも限らない」

「ケツ持ちというのは、暴力団ですね？」

「ギャングや暴走族ってのは、暴力団の士官候補生だからな」

竜門にはわかりきったことだ。辰巳は、大城に聞かせるために話しているのだ。それがわかっているので、竜門も話を合わせていた。

「でも、暴力団が得にもならないことに乗り出してくるとは思えませんね」

「そう。やつらは金にならないことには手を出さない。だが、ケツ持ちとなれば話は別だ。面子《メンツ》もある。面子をつぶされたら稼業に響くからな」

竜門は、辰巳の言ったことについて考えてみた。

昔は素人《しろうと》と組員の棲《す》み分けは、かなりはっきりしていた。素人には手を出さないという暗黙の了解は、かなり最近まで生きていた。

しかし、このところ既存の組とは違うグループが台頭してきているようだ。戦後の愚連隊《ぐれんたい》のようなものだが、はるかにタチが悪いのだという。

暴走族がそのままそうした集団に移行することもある。手に負えないような乱暴者は、いつの時代にも必ず存在する。かつて、ヤクザが、そうした乱暴者たちに歯止めを掛けていたという側面もある。

暴対法や排除条例が暴力団を地下組織に変えたという見方もある。組の看板を掲げることもシノギも禁止され、組織としての活動がままならなくなり、地下に潜ってより犯罪化したということらしい。

それは、暴力的な若者たちに対するヤクザの歯止めがなくなったことを意味する。

法律や条例でいくら取り締まっても、人間が本来持つ暴力性を排除することなどできない。多くの一般市民は、理性的に暴力と関わりのない世界で生きている。だが、理性で暴力衝動をコントロールできない人々が、一定の割合で社会に存在することも事実なのだ。

竜門は暴力を肯定しているわけではない。すべての人々が暴力衝動を理性で抑制《よくせい》できるなら、それが一番だと考えている。だが、人間はそれほど成熟した動物ではない。

そのことも、いやというほど知り尽くしているのだ。

「辰巳さんは、犯人を犯罪者として検挙することよりも、むしろ暴力的な集団から保護したいと考えているのですね？」

「刑事の仕事は、あくまで犯罪者を検挙することだ」

辰巳は、顔をしかめた。「だが、まあ、先生が言ったようなことを考えていないわけじゃない」

竜門は、大城に言った。

「もしかしたら、先生も、辰巳さんと同じようなことを考えておられるのではないですか?」

「私は何も考えていないからね」

「本当に、先生は犯人に心当たりはないのですか?」

「竜門さん、私は空手家として興味があるだけさあ。ただ、それだけさ」

大城が強情なことはよく知っている。竜門がどう尋ねても本心は言わないだろう。

いくら大城が隠そうとしても、さすがに事情が呑《の》み込めてきた。間違いなく、大城は犯人に心当たりがある。だが、それを竜門や辰巳に言いたくないのだ。

それを告げたら、竜門に迷惑がかかると思っているのかもしれない。辰巳に話すと、犯人を検挙するための手がかりを与えてしまう。警察沙汰《ざた》にはしたくないのだろう。

警察に捕まるよりも先に、自分で何とかしようとしているのかもしれない。だが、それはどう考えても理不尽だ。

あるいは、もっと別に犯人の正体を知られたくない理由があるのだろうか。大城が話していいと判断するのを待つしかない。

辰巳が言った。

「大城先生。警察は先生の味方ですよ。何でも話してください」

大城がにっこりと笑った。

「残念ながら、警察が味方とは、なかなか思えなくてね……。若い頃には、けっこう警察と追いかけっこをしたから……」

沖縄の空手家は、昔は首里王府の士族階級だった。そして、かつて首里王府には科挙《かきょ》制度があり、士族はたいへんに優秀だった。まさに文武両道だ。それ故に、空手は君子の武術などとも言われた。

だが、戦後の沖縄では少々事情が違った。米軍が支配する沖縄で、空手を学ぶ不良たちは、米兵相手に腕を磨いた。それがやがて、那覇派と呼ばれるヤクザ集団となる。一方で、戦果アギヤーから生まれたコザ派というヤクザたちもいた。戦果アギヤーとは戦果をあげる者の意で、米軍基地から略奪した物資を売りさばき、財を成した連中のことだ。戦果アギヤーも空手をやっていた者が少なくない。

その頃から、空手は不良がやるものと言われるようになった。大城が若い頃は、そうした殺伐《さつばつ》とした時代だった。

ストリートファイトが当たり前の時代だった。今でも、沖縄ではその頃の名残《なごり》で、空手をやる者は、ヤクザになるか警察官になるしかない、などと言われることがある。

大城が警察と追いかけっこをしたというのは、決して誇張ではないのだ。

辰巳は、苦笑して言った。

「少なくとも、今のところ、俺は敵じゃない。でもね、隠し事をしたり警察を出し抜こうなんて考えていたら、敵に回るかもしれませんよ」

この程度の脅《おど》しが通用する大城ではない。辰巳にもそれはわかっているはずだ。だが、言わずにいられないのだ。

辰巳は立ち上がった。

「また来ます。そのときまで、よく考えておいてください」

8

辰巳が部屋を出て行くと、竜門は夕食の準備を始めた。大城は今夜も飲むのだろうか。一昨日《おととい》の残りの泡盛がある。それを出すことにした。

今夜は、竜門も泡盛に付き合うつもりだった。

まず、つまみを三品皿に盛って、水割りを作った。ちびちび飲んでいるうちに飯が炊けるだろう。

飲みはじめると、大城が言った。

「竜門さん、済まねーらん」

「何のことです？」

「いろいろと迷惑をかけるね」

「わが家に滞在することなら、迷惑などと思っていません。先生ならいつでも大歓迎ですよ」

大城は、一口泡盛を飲んだ。うまそうに吐息を洩《も》らす。

「竜門さんは、私が隠し事をしているのに、とっくに気づいているはずさ」

「犯人の心当たりがあるんじゃないか……。そう思っています」

「私も、竜門さんに隠し事なんてしたくないさ。だけど、不確かなことは言いたくないのさ」

「先生は、犯人が先生とゆかりのある空手家なのではないかとお考えなんですね？」

大城は、その問いにはこたえなかった。

「もう少し、はっきりしたことがわかるまで、何も訊かないでくれないか」

師にそう言われては逆らえない。

「わかりました。しかし、辰巳さんはそうはいきませんよ」

「警察はやっかいだね」

「やっかいだけれど、情報を得るためには話をしなければならなかったということですか？」

「まあ、そういうことだね」

「辰巳さんも、私と同じようなことを考えているはずです」

「昔の沖縄のようにはいかないね。私の若い頃には、警察官もヤクザもたいていい顔見知りだった。みんな空手をやっていたからね」

本土とはまったく事情が違った。何度も沖縄の地を訪ね、大城に空手を学んだときに、繰り返し昔話を聞かされていた竜門は、そういう事情を理解していた。だが、実感はなかった。

どんなに思い入れがあったとしても、当事者にはなれないのだ。

「何かわかるまで、辰巳さんは毎日でもやってきますよ」

「事件について一番よく知っているのは警察さ。新聞やテレビよりも、ずっとよく知っている。だからよ、警察から話を聞く必要があるのさ」

「先生は、確かめたいんですね？　犯人が、先生のご存じの空手家かどうかを……」

「まあ、そういうことだね」

「危険なことをしたいわけじゃないんですね？」

「危険なこと……？」

「犯人と戦うとか……」

「戦うことなんてないさ。犯人が誰なのか知りたいのさ」

「あるいは、犯人といっしょに、仕返ししようとしている物騒な連中をやっつけようとしているのではないですか？」

「アイ、竜門さん。私はもう年寄さ。そんなことできないさ」

この言葉を額面通り受け取るわけにはいかない。年を取ったとは言っても、鍛え方が半端ではない。今でも、実力は衰えていないはずだ。

試合に限っていうと、現役の年齢というのは限られている。だが、それを超えた境地がたしかにあるのだ。

竜門自身がその境地に達しているかどうかはわからない。また、今となっては確かめようとも思わない。

強くなりたいと願っていた。誰にも負けたくはないと思っていた。そうして、鍛錬《たんれん》と修行を続けた結果、単純な勝ち負けでは終わらない豊かな世界があることを実感した。

それは、豊潤な沖縄の文化であり、身体の精妙さだ。そういうものに対する純粋な畏敬《いけい》の思いがある。それこそが、空手を続けた最大の意味だと、竜門は思っていた。

ぽつりと、大城が言った。

「竜門さんは、弟子は取らないの？」

「施術で精一杯で、指導をしている暇がありませんね。アシスタントの真理ちゃんには手ほどきをしていますす。そのうち、本格的に指導をしようと思っていますが、整体というのは理論よりも実践が大切ですから……」

「整体の話じゃなくてさ、空手さ」

「空手の弟子ですか？　とんでもない。私はまだまだ修行中です。誰かに教えるなんて……」

「私だって修行中だよ。空手は、死ぬまで修行さ」

「人に何かを教えるなんて、考えたこともありません」

「私もそうだったねえ……」

大城はしみじみとした口調でそう言った。その先の言葉はなかった。

炊飯器のチャイムが鳴った。飯が炊けたのだ。晩酌を終えて、食事にすることにした。


夜の十時になり、竜門は大城に言った。

「ちょっと、出かけてこなければなりません」

大城はすでに眠そうだった。

「アイ、竜門さんは独身だからね。夜はいろいろと忙しいはずさ。気にしないでいってらっしゃい」

「そういう用事じゃありません。鍵をかけてお休みになっていてください」

「そうさせてもらおうね」

竜門は、マンションを出た。

大城の件には、自主的には関わるまいと思っていたが、昼間の辰巳の話を聞き、落ち着かない気分になってきた。

不良たちの集団は、昔とは比べものにならないくらいに悪質になっている。昔は、暇を持て余した若者が、街角にたむろしたり、他の集団との睨《にら》み合いの危険な雰囲気を楽しんでいただけだ。要するに遊びの延長でしかなかった。

暴走族の大集団が姿を消した頃から、何やら雰囲気が怪しげになってきた。大集団を束ねるには、それなりの規範が必要だ。彼らは、学校や社会の規範からはみ出した連中だが、面白いことに組織内の規範には、おそろしく従順なのだ。

だが、その規範が失われた。暴走族を解散して、街にやってきた彼らの中には、暴力団も手を焼くほどの危険な連中もいるのだ。

彼らは何でもやる。暴力沙汰《ざた》はもとより、性犯罪、ドラッグ、恐喝、振り込め詐欺……。暴走族やかつてチーマーだのギャングだのと呼ばれた連中は、目立たなくなったが、その分凶悪化しているとも言える。

そして、彼らは、必ずどこかで暴力団とつながっている。

二件の傷害事件を起こした犯人は、そんな連中に真っ向から喧嘩《けんか》を売った形になっている。

　竜門は、被害者たちがどういう素性なのか詳しく知らない。また、彼らがどういう組織に属しているのかという知識もない。

　あるいは、組織に属してなどいないのかもしれない。最近の不良たちは、組織だった活動を嫌う傾向があるようだ。

　その辺の事情を詳しく知りたかった。情報があれば、対処の仕方もわかる。

　自ら動くつもりはないが、周辺事情を知っておくことで、大城の危険を回避できるかもしれない。

　竜門は、渋谷にやってきた。夜の十時半を過ぎた。街には若者があふれている。着飾った若い女性たち。ファッション雑誌を参考にしているのだろうか、誰もがおしゃれに見える。

　なぜか、女性が目立って男性の影が薄い。やはり、街の主人公は女性なのだろうか。若者たちの間を縫うように道玄坂に進み、１０９の先のコンビニを通り過ぎ、次のビルの角で右に曲がった。

　道玄坂小路と呼ばれる道で、ホテル街への入り口でもある。この通りも、ずいぶんと様変わりしたが、それでも変わりゆく渋谷の中で昔のたたずまいを色濃く残している。

古くからある台湾料理店やスパゲティー専門店の前を通り過ぎ、右手にある地下に向かう階段を下った。

重厚なドアを引く。そのドアの重さは、客を拒んでいるかのようだと、竜門は思った。

店に入ったとたんに、さらに客を追い出そうとするような大音響が襲いかかってきた。ハイスピードのサックスのソロだ。ピアノも負けじと矢継ぎ早に音を吐き出している。

街は賑《にぎ》わっているのに、店に客は誰もいなかった。カウンターだけのバーだ。バーテンダーが竜門を見て、うなずきかけてきた。

この店に滅多に来ることはない。竜門はジャズになどまったく縁がなかった。聴いても何が何だかわからない。

今時、大音響でジャズをかけているバーになど、客が集まるとは思えなかった。次々と店ができてはつぶれていく渋谷の街で、こんな店が残っていることが奇跡に思えた。

店の名前は『トレイン』、バーテンダーは岡田英助《おかだえいすけ》という名だ。年齢は六十代前半のはずだ。昔とそれほど体型は変わっていないが、さすがに髪が白くなってきた。

彼は、たまにしか姿を見せない竜門に対して、いつも昨日会ったかのような挨拶をよこす。

「しばらくだな」

　カウンターのスツールに腰かけて、竜門が言うと、岡田はまた無言でうなずきかけてきた。

「すまないが、少しボリュームを落としてくれないか？　話ができない」

「何だって？」

「音楽のボリュームだ。話ができるようにしてほしい」

　岡田は、しぶしぶといった様子でオーディオのボリュームをしぼった。店中に満ちていた暴力的ともいえる音響が引いていき、竜門はほっとした。

「何の用だ？」

　岡田が言った。

「まずは、何を飲むかと訊くべきじゃないか？」

「何を飲む？」

「ブッシュミルズ」

「オレンジか、ブラックか、それともモルトか？」

「オレンジラベルでいい」

「ロックだったな？」

「そう」

岡田は、大きな氷を一つロックグラスに入れてアイリッシュウイスキーを注いだ。それを竜門の前に置く。

竜門は、一口飲んでから言った。

「三日前の宮下公園で起きた事件を知ってるか？」

岡田は、竜門のほうを見ずに、グラスを布で拭きながらこたえる。

「ああ、一昨日の件も知っている。悪ガキどもが、誰かにやられた。それだけのことだろう」

「その事件に関して、何か知らないか？」

「知らないね」

「じゃあ、何かを知ってそうな誰かを知らないか？」

「さあね……」

「最初の日に三人やられて、翌日に四人やられた。悪ガキだと言ったな？　どんなやつらなんだ？」

「悪ガキは悪ガキだよ。渋谷にたむろしているチンピラたちだ」

「つるんでいるのか？」

「知らないね」

竜門は、財布を出した。岡田がそれを横目で見ていた。

竜門は、一万円札をカウンターの上に置いた。

「酒代だ。釣りはいらない」

岡田は、その札を受け取ると言った。

「何か思い出せそうな気がしてきた」

「思い出してくれ」

「去年の四月のことだ。宮下公園そばに居を構えていた路上生活者が死んだ。テントハウスが焼けて、焼死したんだ」

「路上生活者……？」

「警察は、火の不始末ということで片づけたようだ」

「実際は違うということか？」

「その路上生活者は、怪我をして動けない状態だったと言っているやつがいる」

「誰がそう言ってるんだ？」

岡田は肩をすくめた。

「誰かさ。裏を取る必要があるのか？」

竜門はかぶりを振った。

「訊いてみただけだ。警察じゃないんで、裏を取る必要なんかない。つまり、誰かに殺されたのかもしれないということだな？　警察が調べればすぐにわかりそうなもんだ」

「警察官だって人間だ。熱心になれる捜査とそうでない捜査がある」

「路上生活者だって、どこかに家族がいるはずだ」

「だから余計に面倒なんだ。殺人となれば、遺族を探していろいろなことを調べなければならない。事故や不注意による出火ということならば、型どおりの手続きで済む。何せ、毎日山ほど事件が起きているんだ」

岡田が言うのだから、そのとおりなのかもしれない。だが、辰巳のような刑事がいることは事実だ。辰巳が変わり者なだけかもしれないが……。

「その路上生活者は、三日前の事件と関係があるのか？」

「やられた三人のガキどもは、路上生活者に嫌がらせをしたり暴力を振るったりしていたらしい」

そう言えば、辰巳もそんなことを言っていた。

「去年の四月に、路上生活者を殺したのが、その三人組だというのか？」

「その三人かどうかはわからない。似たようなことをするやつは他にもいるからな。だが、無関係じゃないかもしれない」

「最初にやられた三人と、翌日やられた四人との関係は？」

岡田は、竜門のグラスをちらりと見た。

「グラスが空だな。もう一杯飲むか?」

竜門は、もう一枚一万円札をカウンターの上に置いた。

岡田が新しいグラスにオンザロックを作って出した。

「最近のガキどもは、普段はあまりつるまないが、いざというときには上のやつに泣きつくんだ」

「四人が、やられた三人の上のやつということなのか?」

「元暴走族でな。先輩筋だったようだ」

「じゃあ、その四人がやられたということは、さらにその上が出てくるかもしれないということだ」

「それはわからない」

「これ以上は払う気はない」

岡田が、また肩をすくめる。

「本当に知らないんだ」

「じゃあ、調べてくれ」

竜門は立ち上がった。「また来る」

9

竜門は、『トレイン』を出ると、センター街に向かった。

若者たちが集まる通りだ。夜になると、たちの悪い連中もやってくる。

かつて、この通りは、チーマーだのギャングだのと呼ばれた不良たちがたむろしていたものだ。彼らは、共通のマークや色を身につけることもあった。

自分のグループに対する忠誠心を表していたのかもしれない。あるいは、ただ単に流行だったのだろうか。

センター街は、賑わっていた。酒に酔った若者たちがすれ違っていく。

彼らの関心事は、たいてい女性だ。さかりのついた犬と大差ない。

まあ、竜門も若い頃のことを思い出せば、あまり人のことは言えない。動物にとっては生殖が最大の役割だ。

若い雄《おす》は、生殖のために命がけの戦いを繰り返す。人間にもその本能は残されている。

センター街の雰囲気もずいぶんと変わった。剣呑《けんのん》な雰囲気を漂わせていたチーマーやギャングは、すっかり姿を消した。

だからといって、治安がよくなったわけではない。危ないやつらは、どこにでもいる。

繁華街は、そういう連中を引き付け、呼び寄せるのだ。

竜門は、ぶらぶらと歩きながら、街の様子をつぶさに観察していた。最初にやられた悪ガキの先輩格が武装してパトロールをしていて、またやられてしまった。

不良たちにとっては、非常事態なのではないか。

だとしたら、街中で何らかの動きがあるに違いない。竜門は、そう考えたのだ。

渋谷センター街は、一見平穏に見える。もし、それが表向きだけだとしたら、竜門は何かを感じるはずだった。

普通の人が感じなくても、竜門なら察知できる。その自信があった。

おそらく、俺は普通の人よりずっと臆病《おくびょう》なのだと、竜門は思う。だから、危険な雰囲気に敏感なのだ。

長年武道をやっているという事実と、臆病であることは、ちょっと矛盾しているようだが、実はそうではない。

どんなに鍛えても、根本的な性格はなかなか変えられるものではない。さらに言えば、臆病だから稽古を続けるのだ。

稽古をしていないと不安になるのだ。

センター街の入り口まで来た。ハチ公前のスクランブル交差点の近くだ。そこから竜門は引き返した。

そのとき、ふと若者たちが立ち話をしているのが気になった。

二人の表情が、妙に逼迫《ひっぱく》している感じがする。やはり何かあったな。竜門は、彼らをしばらく監視することにした。必要があれば、尾行する。

彼らは、センター街から角を左に曲がったところで何やら話し合っている。ハンバーガー屋の前だ。その路地を真っ直ぐ行けば文化村通りに出る。

文化村通りは、道玄坂下交差点から、東急本店に至る短い通りで、かつては東急本店通りと呼ばれていた。

竜門は、センター街をはさんだ、ハンバーガー屋の向かい側の角に立っていた。トルコ料理のケバブの店の脇《わき》だ。

二人が、並んで足早に歩きはじめた。竜門は、尾行を開始した。

若者たちは、センター街をハチ公交差点方面に向かって歩いている。

左に折れてガードをくぐる。

宮益坂《みやますざか》方面に向かっている。彼らがどこに向かっているのか、見当がついた。宮益坂下の交差点を左に行けば、宮下公園に出る。

呼び出しがかかったのだろうか。いや、それならば、携帯電話で連絡するだけで充分なはずだ。街中で、立ち話をする必要などない。

彼らは、何かを話し合っていたのだ。

何を話していたかは、あとをつけていけばわかるのではないかと、竜門は思った。

案の定、彼らは宮下公園に入っていった。竜門は、充分に注意をして尾行を続けた。

公園内は、センター街とは比べものにならないほど、緊張感に満ちていた。立て続けに事件が起きた場所だから、そう感じるのだろうか。

いや、そうではない。実際に、危険な気配がある。こういう場合の緊張感というのは、人々の怒りと恐怖がもたらす。

姿は見えないが、木々の陰や茂みの向こうで、何者かが息をひそめている。彼らは、怒り、そして同時に恐怖を感じているのだ。

竜門は、ゆっくりと公園内を進んでいた。目的は様子を見ることだ。深入りしたくはない。

そう思ったとき、目の前に人影が現れた。二人だ。

「おっさん、何か用か？」

それは、センター街で立ち話をしていた二人だった。いつからか、尾行に気づいていたのだ。

やつらも、充分に用心深かったということだ。

二人は、見るからに悪そうな格好をしている。両方とも髪を短く刈っているが、片方は金髪に染めている。

今時の悪ガキは、外国のギャングの真似《まね》をするので、だいたいがヒップホップ系だ。B系ともいわれる。

最下層のアフリカ系アメリカ人のファッションを真似ている。貧しいので、成長しても着られるように大きめの服を子供に着せていたのが、そもそもの始まりだそうだ。

竜門はこたえた。

「別に、用なんかない。私は君たちを知らない」

金髪のほうが言う。

「じゃあ、どうして俺たちのあとをつけてきたんだ?」

「偶然に同じ方向に歩いていただけだろう」

「偶然だと……?　ここに何の用があるんだ?」

「通り抜けようと思っていただけだ。この向こうに行きつけの飲み屋がある」

髪が黒いほうが言った。

「ふざけてんじゃねえぞ」

「別にふざけてはいない」

金髪が半歩前に出て、竜門を睨みつける。その眼が、街灯の仄暗《ほのぐら》い光の中で、危険な光り方をしている。

「てめえ、サツか？」

「だったらどうする？」

「いや、サツじゃねえな」

黒い髪が言う。「サツなら、とっくに手帳を出してるはずだ」

「どうした……？」

竜門の背後で声がした。振り向くと、目の前の二人と同じような格好をした二人組が近づいてきていた。

その二人は、手に武器を持っていた。金属バットと特殊警棒だ。

特殊警棒は実はあまり武器としては役に立たないが、脅《おど》しの効果はある。さらにまったく役に立たないわけでもない。殴られれば、それなりにダメージがある。

四人は仲間のようだ。

金髪がこたえた。

「こいつ、怪しいんですよ」

口調からして、背後に現れた二人組のほうが格上のようだ。

このまま見逃してくれる雰囲気ではない。

この場を逃れるために、最低限のことはやらなければならないか……。

竜門は、そう考えた。

武器を持っている相手に、手加減するのは難しい。一発で相手の動きを止めないと、こちらの身が危険になる。

それなりに威力のあるカウンターを入れるか、投げるなり崩すなりして、その隙《すき》に逃げ出すしかない。

金属バットのやつを警戒すべきだと思った。武器として一番威力があるし、目の前の二人よりも格上だからだ。

相手が複数でしかも武器を持っているというのは、きわめてやっかいだ。だが、やるしかない。話をしてわかる相手ではなさそうだ。

竜門は、振り向いて金属バットの男と向かい合った。背後の二人は、今のところは素手だ。素手なら多少殴られてもダメージは少ない。

金属バットのやつは、竜門の意図を悟ったようだ。つまり、自分が突破口にされると気づいたわけだ。

「てめえ、やっぱり、やつの仲間か……」

「やつの仲間？　何のことだ？」

おそらく、悪ガキたちをやっつけた犯人の仲間だと言っているのだろう。

竜門は、間合いを計《はか》った。このままプレッシャーをかけていけば、必ず金属バットを振り上げてかかってくる。

そこに飛び込むしかない。

緊張感が高まる。

そのとき、左側にある木立の陰から声がした。

「バットは下から来る。脛《はぎ》か太ももを狙ってくるから気をつけろ」

嗄《しゃが》れた声だった。

竜門は、その一言で、意識を下に持って行った。バットが上から来ようが、下から来ようがやることは同じだ。

相手の打撃が到達する前に飛び込む。

だが、もし、下肢《かし》を意識していなかったら、やられていたかもしれない。脚を狙うときは、振りかぶる必要がないだけ、タイミングが早くなる。

「誰だ」

特殊警棒を持ったやつが大声で尋ねた。こたえが返ってくるはずもない。

金属バットのやつが竜門に尋ねた。

「おまえら、何者だ？」

竜門はこたえた。

「言っておくが、俺は誰の仲間でもない」

「今の声は何だ？」

「俺が訊《き》きたい」

素手の二人が駆け出していた。木陰の声の主を追っていったのだ。

それを横目で見ていた金属バットのやつが言った。

「とにかく、いっしょに来て話を聞かせてもらう」

「いっしょに行くだって？　そいつはまっぴらだな。君らは、最近立て続けに起きた傷害事件の犯人を探しているようだが、私は無関係だ」

「無関係なら、なんで俺たちが犯人を探しているなんて思うんだ？」

「誰が見ても明らかだよ。私を引っぱって行っても、何もわからない」

「何もわからないかどうか、話を聞いてみなけりゃな」

こいつは、間違いなく喧嘩に慣れている。謎の人物が指摘してくれたことでもわかる。金属バットをぶら下げた状態から、最短距離で下肢に攻撃しようとしていた。

それは、最も効果的な攻撃だ。

逆らうのは面倒だが、連れて行かれたら、もっと面倒なことになる。選択肢は戦うことしかない。

そう竜門が思ったとき、悲鳴のような声がきこえた。実際に悲鳴だったかもしれない。

金属バットと特殊警棒の二人がその声に反応した。

彼らは、その声のほうに向かって走った。緊急事態が起きたということだ。

竜門は、距離を置いて彼らのあとを追った。関わりになりたくはないが、何が起きたのか知りたくもあった。

歩道のはるか先で、二人の若者が倒れていた。竜門が尾行をした相手だった。

彼らは、歩道の上で弱々しくもがいている。金属バットと特殊警棒の二人は、彼らの脇にかがみ込み、何事か詰問《きつもん》している。

誰にやられた。

どんなやつにやられた。

何をされた。

そいつは、どこに行った。

そんなことを質問しているのだろう。

竜門に、金属バットの男の攻撃方法を教えた謎の人物が、二人の若者をやっつけたと考えるのが自然だ。

竜門は、木の陰から四人の若者の様子をうかがっていた。金属バットと特殊警棒の二人は、周囲を見回している。

だが、すでに謎の男の姿はどこにも見当たらない。

二人が引き返してきた。襲撃者の姿が見当たらないので、再び竜門を捕まえようと考えたのだろう。

だが、これ以上彼らと話をするつもりはなかった。木立と灌木《かんぼく》の茂みの陰をそっと移動して、宮下公園を出た。

誰もついてこないことを確認して、渋谷駅に向かった。

やれやれだ……。

竜門は思った。

もう少しで、無駄な戦いをするところだった。相手がどんなやつであれ、街中の喧嘩というのは後味の悪いものだ。

手を出さずに済んで本当によかったと思った。

竜門は、木の陰から、声をかけてきた男のことを考えていた。

ぞっとするような声だった。緊張していたから、そう感じるのだろうか。

とにかく、あの声は決して忘れないと思った。

嗄れた声もさることながら、言葉の内容も忘れられない。

男は、竜門も気づかなかった金属バットの男の意図に気づいた。それについて、竜門は反省をしなければならないと思っていた。

冷静になれば、竜門も気づいたはずなのだ。たしかに、戦っている本人たちよりも、傍《はた》で見ているほうが、戦いの様子がよくわかるということもある。

セコンドや解説者の視点だ。

だからといって、謎の男にわかって、竜門にわからなかったという事実は無視できない。

つまり、謎の男は、竜門より実力が上だと考えなければならないのだ。

謎の男は、悪ガキたちをやっつけて歩いている傷害事件の犯人に違いない。

声だけでは何とも言えないが、少なくとも若い男ではないと、竜門は思った。

ひどく嗄れた声は、健康を損ねていることを物語っているのだろうか。だが、体を壊している男が、夜な夜な若者たちを襲撃しているとは考えられない。

では、その声は男の特徴だと考えるべきだ。

電車が用賀に着いて、竜門は下車した。自宅に戻ると、すでに大城はソファで寝息を立てていた。

竜門は、寝室に入り、考え込んでいた。

若者たちを襲撃して歩いている犯人の目的はいったい何なのだろう。『トレイン』の岡田は、宮下公園で死んだホームレスとの関係を示唆《しさ》していた。

確証はない。だが、岡田の情報は頼りになる。

被害者の中で、犯人がホームレス風だったと証言している者がいると、辰巳が言っていた。

では、犯人はホームレスの仲間ということだろうか。殺害された路上生活者の仇《かたき》を討《う》っているのかもしれない。

当然、辰巳もそれくらいのことはとっくに考えているはずだ。警察は決して間抜けではない。そして、警察の調べというのは半端ではない。

渋谷に路上生活者が、いったい何人くらいいるのか知らないが、辰巳は、片っ端から話を聞いているはずだ。

それでも何もわからないから、竜門や大城に話を聞きたがるのだ。まさに、藁《わら》にもすがりたいという気持ちなのかもしれない。

渋谷の路上生活者が犯人だとしたら、大城との関係はどうなるのだろう。

大城は、犯人のことを知っている。それは、間違いない。その関係について語ろうとしないのはなぜだろう。

はっきりしたことがわかるまで、何も訊かないでくれと、大城は言った。

いったい、いつ、どうやったら、はっきりしたことがわかるというのだろう。大城は、犯人の正体を確かめてどうするつもりなのだろう。

疑問が次々と湧いてくる。

こたえを知っているのは、大城だけだ。大城が話す気になるまで、待つしかない。

一方、辰巳は何をどこまで知っているのだろう。警察は、質問するだけで、質問にはこたえてくれない。

おそらく、かなりの部分まで知っているのではないだろうか。目撃情報、防犯カメラの映像、被害者の交友関係からの情報など、警察は、さまざまな情報を入手しているはずだ。

マスコミに発表する事柄は、警察が知っていることのごく一部に過ぎない。

もしかしたら、辰巳には犯人の目星がついているのかもしれない。今度、辰巳がやってきたら、尋ねてみよう。

竜門は、金属バットを持った男と対峙《たいじ》したときのことを思い出していた。言葉にできない感情が湧き上がってくる。

恐怖と怒りと、そして無念さが入り混じっている。

間違いなく、相手を叩きのめせなかったことが無念なのだ。戦わずに済んでよかったというのは本音だ。同時に、戦いたかったというのも本音なのだ。

戦えば、後味の悪い思いをすることはわかっていた。それでも、目の前の獲物を逃してしまったという思いはぬぐい去れない。

こういう思いをするから、暴力の世界には近づきたくないのだ。

竜門は思った。

暴力に正義などない。暴力で暴力に立ち向かおうとした瞬間に、正義はなくなる。戦いというのは、正義などという問題とは別次元だからだ。

動物は、生きるために戦う。人間も同じだ。ただそれだけなのだ。闘争に理由付けをしても無意味だ。

革命も戦争も暴力を利用しているだけで、暴力そのものではない。

目の前にバットを持った気に入らないやつがいたら、ぶちのめしたい。だが、それは自分が殺されるかもしれない危険をはらんだ感情だ。

暴力というのは、ただそういう単純なものなのだ。竜門は、その衝動に突き動かされる自分が嫌だった。

10

翌朝、朝食のときに、大城が竜門に言った。

「昨夜は、遅くまでお楽しみだったね」

大城は、竜門が何をしていたのか気づいているのかもしれない。そう思ったので、話すことにした。

「渋谷のことに詳しい知り合いがいるので、不良たちのことをいろいろと尋ねてみました」

「アキサミヨー。どうして、竜門さんがそんなことをするだろうね」

「辰巳さんが言ったことが気になったからです。不良たちだって、やられっぱなしで黙っているはずがありません。下っ端で歯が立たないのなら、対抗できそうなやつを引っ張り出してくるはずです。そういうのが出てくると、面倒なことになるかもしれません」

「竜門さんが、別に面倒なことに巻き込まれるわけではないでしょう」

「先生が巻き込まれたら、私も巻き込まれることになるんです」

「だからよー、迷惑はかけないさ」

「そうお思いなら、何もかも話してください」

大城は、難しい顔になった。

「聞いてどうするつもりだろうね?」

「どうするかは、聞いてから決めます。いずれにしろ、先生は東京の土地鑑《とちかん》がないので、何もおできにならない。私と辰巳さんを頼るしかないのでしょう?」

「こんな話を何度しても同じことさ。はっきりしたことがわかったら、話すよ」

竜門は溜《た》め息《いき》をついた。大城を説得することなど不可能だ。それはよくわかっていた。おそろしく強情なのだ。

「わかりました。では、もう犯人について尋ねるのはやめましょう」

「済まないね」

「もしかしたら、昨日、犯人がすぐ近くにいたかもしれません」

竜門の言葉に、大城が目を丸くした。

「どういうくとぅーやっさーみ」

驚いたせいか、沖縄方言になっている。どういうことか、と尋ねているのだ。

「知り合いに、渋谷の不良たちの動向を尋ねた後、ちょっと様子を見に、繁華街に行ってみました。二人の若者が緊張した様子で何事か話し合っており、そのあとをつけると、宮下公園にやってきたんです」

「宮下公園に……」

「そう。事件現場にやってきたわけです」

「それで……？」

「尾行に気づかれ、四人の若者に囲まれました。そのうち二人は武器を持っていました。金属バットと特殊警棒です」

「アイ、竜門さん、一人でそういうことをするのは、ずるいね」

「いや、ずるいとか、そういう問題ではないでしょう」

「でもね……」

「先生は、そのお年でまだ掛け試し《カキダミシー》をやりたいのですか？」

「もう、自分から望んでそういうことはしないさ」

「でも、チャンスがあればやるということですか？」

「そのときは、わからないねえ」

達人というのは、こういうものなのだ。

私のような凡人とは違うと、竜門は思った。恐怖も緊張もない。ただ、戦うことを純粋に楽しんでいる。

いや、恐怖や緊張を楽しみに変えることができるのだ。

「話がそれました」

「そうだね。四人に囲まれて、竜門さん、どうしたわけ？」

「まず、バットを持ったやつを片づけようと思いました。バットが一番強力な武器でしたし、そいつが一番格上のようでしたので……」

「さすがに竜門さんだね。それでいいのさ」

「私は、相手がバットを振りかぶるのを待っていました。その瞬間に飛び込もうと……」

「うん」

「そのとき、歩道の脇の木の陰から声がしました。バットは下から来る。脛か太ももを狙ってくるから気をつけろ、と……」

「ほう……」

「それで、私は意識を下のほうに持っていくことができました。でなければ、今頃、大怪我《おおけが》をしていたかもしれません」

「へたをしたら死んでいたね。今時の若い者は、限度を知らないからね。私らは、子供の頃から、生傷が絶《た》えなかった。米兵ともずいぶん戦った。どこまでやれば相手が動けなくなるかよく知っている。だから、やり過ぎることがない」

「その声は、ひどく嗄《しゃが》れていました」

「ふうん……」

大城はそう言っただけだった。竜門は尋ねてみた。

「先生が犯人かもしれないと思っている人も、声が嗄れているのではないですか？」

「その話はしない約束だよ」

竜門は、うなずくしかなかった。

「その後、また二人の若者がやられた様子でした」

「二人が……？」

「私が渋谷の繁華街から尾行した二人でした。彼らも、犯人を探していたんだと思います」

「仕返しのために？」

「そういうことだと思います。これは、事情通の知り合いから聞いたのですが……」

「ぬーやっさーみ？」

何だ、と尋ねている。

「去年の四月に、宮下公園で、ホームレスが一人亡くなっています。テントハウスが火事になり、焼死したということです」

「テントハウスが火事に……？」

「事件性はないということで、処理されたようです。でも、噂《うわさ》によると、そのホームレスは、怪我をして動けない状態だったらしいのです」

「どういうくとぅーやっさーみ？」

「私の知り合いは、殺されたのかも知れないと考えているようでした。そして、殺害したのは、渋谷あたりを根城《ねじろ》にしている不良たちだったかもしれないと……」

「それが、傷害事件と関係があるのかね？」

「わかりません。知り合いは、調べてみると言っています。先生、ホームレスと聞いて、何かお心当たりはありませんか？」

「別にないさあ」

大城はこたえた。

だが、こたえるタイミングが早すぎると、竜門は感じていた。考える間がまったくなかった。

たいてい、人は質問されると、考えてからこたえる。そうでない場合は、あらかじめこたえを用意していることが多い。

「最初にやられた若者たちの一人が、犯人はホームレス風だったと言っていたそうです」

「ほう、そうなのか……」

「最初の被害者である三人の、犯人についての証言が食い違っていて、私はそれが不思議に思えるのですが……」

「証言が食い違っている……？」

「そう。一人は、ホームレスだったと言っており、一人は華奢な老人だったと言っているそうです。そして、もう一人が体格のいい男だったと言っているんです」

「別に矛盾はしないと思うが……」

「どうしてです？」

「まず、体格のいい男であることと、ホームレスであることは矛盾しない。体格のいいホームレスだっているはずだ」

「まあ、そうですね……」

「老人であることと、ホームレスであることも矛盾しない」

「ですが、体格のいい男であることと、華奢な老人だというのは、矛盾しているでしょう？」

大城は、考え込んだ。そして、逆に質問してきた。

「辰巳さんは、何と言ってるんだろうね？」

「わざと違うことを言ってるのだろうと……」

「どうして？」

「警察に犯人を捕まえてほしくないからだろうと、辰巳さんは言っていました」

「自分たちの手で仕返しをするために……？」

「そういうことだと思います。昨日の夜、宮下公園に武器を持った二人組がいたことを見ても、若者たちが犯人を探していることは間違いありません」

「竜門さん……」

「何です？」

「今夜、宮下公園に連れて行ってくれませんか？」

「そうおっしゃると思っていました」

「どうだろうね？」

「断っても無駄でしょう。今夜、行ってみましょう」

「にふぇーでーびる。竜門さん、にふぇーでーびる」

時計を見ると、すでに十時を回っていた。整体院で真理と患者が待っているはずだ。

竜門は、急いで仕度をして部屋を出た。


案の定、その日の午後にも、辰巳が整体院にやってきた。午後三時頃のことだ。

運悪く、その日はあまり予約が入っておらず、辰巳と話す時間がたっぷりとあった。

「先生、昨日も二人やられたんだ」

「治療はいいんですか？」

「ああ、どういうわけか、腰の調子がよくてな」

「どういうわけか、というのは心外ですね。私の治療が効いたのだと思いますが
……」

「おっと、そうだった。感謝してるよ。昨日やられた二人だが、最初にやられた二人と同じ暴走族にいたやつらだ。今は、渋谷のセンター街あたりで遊んでいるらしい」

「手口は同じなんですか？」

「だから、同一犯の犯行だと断定したんだ」

「関節をやられていたんですか？」

「ああ、二人とも肘を脱臼《だっきゅう》していた」

「その二人は、犯人を見ているのですか？」

「あまりよく見ていないと言っている。だが、それを信じていいものかどうか……」

「どういうことですか？」

「犯人を見ても、それについて警察に証言するな、というお触れが回っているのかもしれない」

「お触れ……？」

「悪ガキどもの間で、だ。上のほうでしきっているやつが、そういう指示を出すんだ。警察に手がかりを与えたくないのさ」

「上でしきっているやつ？　暴力団ですか？」

「いや、そうじゃない。ケツ持ちは、いちいちそんな指示を出さない。ガキどもが泣きつくまで放置だ」

「じゃあ、元暴走族とか、ギャングとかの暴力集団ですね？」

「ああ、場合によっては暴力団よりも始末に負えない連中だ」

「仁義もへったくれもない野獣どもというわけですね？」

「そうだな……。仁義もなければ、規範もない。社会をなめきっているから、怖いものを知らない。昔の不良は、ヤクザ者に一目置いていたが、今のガキどもは、ヤクザすら恐れない。もちろん、警察なんて眼中にない」

「取り締まっているんでしょう?」

「どんな悪さをしても、少年法でさっさと娑婆《しゃば》に戻ってきてしまう。だから、ガキどもは高をくくってるんだ。二十歳になるまでは、何をしてもだいじょうぶだってね」

「一昨日《おととい》会った二人の被害者も少年ですか?」

「ああ、二人とも十九歳で働き盛りだ」

「働き盛り?」

「あいつらの先輩は、すでに少年ではなくなっているから、おいそれと捕まるわけにはいかないんだ。だから、あまり表に出てこない。一昨日会った石崎と苅田は、少年の最高年齢だから、実動部隊のリーダー格であり、上の連中との連絡役でもある」

「昨日やられた二人も、少年ですか?」

「いや、一人は二十一歳、一人は二十歳だ。彼らは、一線を退《しりぞ》いた。とはいえ、陰で悪さを続けているわけだが……」

「つまり、最初にやられた三人の先輩に当たるわけですね?」

「そういうことになる」

「ホームレスを殺したのは、その仲間でしょうか……」

竜門は、カマを掛けてみた。

思ったとおり、辰巳の眼の色が変わった。

「ホームレスを殺した……？　先生、それは何の話だ？」

「しらばっくれなくてもいいんです。去年の四月に、ホームレスが焼死しましたね。街の噂では、不良たちが殺したんじゃないかということになっています」

「やっぱり、油断できないな、先生は……」

「人に話を振っておいて、情報をくれないのは、フェアじゃないですね」

辰巳は肩をすくめた。

「まあ、もともと警察なんて、フェアじゃないからな」

「身も蓋《ふた》もない言い方をしますね」

「事実だと、俺は思っているからな……。そのホームレスの噂を、どこで聞いた」

「渋谷の知り合いに聞きました」

「先生も、いろいろな知り合いがいるな」

「別に裏稼業の人じゃないですよ。渋谷の街の事情に、とても詳しいというだけのことです」

「たしかに、最初の被害者の一人が、犯人はホームレスだったと言ったとき、俺は、その焼死の件を思い出した。だが、その後、犯人がホームレスだという証言は途絶えた」

「お触れのせいで？」

「そういうことだと思う。やられたガキどもは、いちおう被害者だからな。しょっぴいて吐かせるという無茶もできない」

「凶器準備集合罪がどうのと、一昨日、被害者に言っていましたよね」

「ただの脅しだ……」

「でも、まだ被害にあっていない連中が、金属バットや鉄パイプを持って、公園内をうろついていたら、凶器準備集合罪が成立しますよね」

辰巳は、竜門の顔を見つめたまま考え込んでいた。竜門のアイディアを検討しているのだろう。

「なるほどな……」

辰巳は言った。「その手は使えるが、問題は誰がやるか、だ……。相手は、警察官を屁《へ》とも思っていない連中だ。俺一人で手を出せば、フクロにされかねない」

「まさか……」

竜門は思わず言った。「警察というのは、組織力が自慢なんでしょう？　人手をかき集めればいいじゃないですか」

「所轄は、いつでも人手不足なんだよ。渋谷署はマンモス署だがな、それでも人が足りないんだ。他人の事案につきあってくれる奇特な警察官なんていない」

「少年犯罪なら、生活安全課の仕事でしょう？　その人たちを駆り出したらどうですか？」

「だからさ、俺が成果を持っていくことがわかりきっているのに、手伝ってくれるやつなんていないんだ。今回は、刑事課の事案だ。だから、生安《せいあん》は少年が絡んでも、見てみない振りをしている」

「警視庁本部に応援を頼んだらどうですか？」

辰巳は目を丸くした。

「とんでもない。そんなことができるのは、署長くらいなものだ。テレビドラマみたいに簡単にはいかないんだよ」

「じゃあ、せっかくのアイディアも絵に描いた餅《もち》というわけですね」

辰巳は、またしばらく考えてから言った。

「そこんところを、考えていたわけだ」

竜門は、嫌な予感がした。

「考えているって、何を……」

「ここはひとつ、民間の協力を要請しようかと……」

「民間……？」

「そう。背に腹は代えられないからな……」

「警備保障会社か何かですか？　それとも自警団のような連中……」

「先生と大城先生だ」

「冗談じゃありません」

「そう。冗談じゃなく、本気で言ってるんだ」

「そんなことが署にばれたら、処分されるんじゃないですか？」

「ばれないようにやるさ」

「そんなことをする義理はありませんよ」

「義理はないだろう。だが、大城先生は、行きたがるんじゃないのかな……」

「大城先生の気持ちを利用するなんて、汚いですね」

「言っただろう。警察はフェアじゃない。目的のためなら手段を選ばないよ」

「辰巳さん、ひょっとして警察が嫌いなんじゃないですか？」

「どうしてだ？　俺はこの仕事が大好きだ」

竜門は、考えた。

なんだか、辰巳が好き勝手やっているようで腹が立った。どうせ、竜門たちが核心に迫りそうになったら、シャットアウトするのだ。

だが、大城が現場に行きたがっていることも事実だ。さらに、今夜大城を連れて行くという約束をしている。

ここで、辰巳の提案を断ると、現場で見つかったときに面倒なことになる。

警察を味方につけるか、敵に回すかでは、事情が大いに変わってくる。辰巳が竜門たちを利用しようというのなら、こちらも辰巳を利用してやればいい。

竜門は、昨夜のことから話をすることにした。

「昨日の事件ですが、実は、私はすぐ近くにいました」

辰巳が厳しい眼を向ける。刑事に睨まれるとさすがに落ち着かない気分になる。

「どういうことか、詳しく説明してくれよ、先生」

竜門は、センター街で、二人組を見かけたところから、詳しく話して聞かせた。説明を聞き終わると、辰巳が言った。

「どうして、センター街なんてうろついていたんだ？」

「渋谷の事情通に話を聞きまして。それから街の様子を見てから帰ろうと思ったんです」

「だが、すぐには帰らなかった……」

「二人の行動は、明らかに怪しかったですからね」

「どう怪しかったんだ？」

「緊迫した雰囲気でした。街角で何事か真剣に話し合っていましたしね……」

「その後、武器を持った二人と合流したんだな？」

「ええ、私は、彼らに囲まれるような形になりました」

「先生、手を出したのか？」

「いいえ、その前に、謎の男が現れ、そして、二人がやられた、というわけです」

「まあいい……」

「今夜、大城先生と二人で宮下公園に行くつもりだったんです」

「何だって……？」

「辰巳さんにとっては好都合でしょう」

「そりゃまあ、そうだが……」

「今、私に、手を出したのか、と尋ねましたよね？」

「警察官としては、いちおう尋ねるよ」

「私と大城先生を連れて行ったら、手を出さないわけにはいかなくなるんです。それを承知で協力しろとおっしゃったのですね？」

辰巳は、竜門の顔を見据《みす》えた。

そして、おもむろに言った。

「わかってるよ、先生」

11

まだ梅雨《つゆ》入りはしていないが、雲行きが怪しい。金曜の夜だ。天候がどうであれ、街は賑《にぎ》わっている。

宮益坂の交差点近くにあるハンバーガーショップで、辰巳と待ち合わせをした。午後八時頃に、辰巳がやってきた。

「腹ごしらえをさせてもらうぞ」

彼は、ハンバーガーを買いに行った。それを見た大城が言った。

「私らも何か食べておこうかね？」

「先生は、ハンバーガーなど召し上がるのですか？」

「私らの若い頃はアメリカ世《ユー》さ。ハンバーガーもホットドッグもよく食べた」

アメリカ世というのは、占領時代のことだ。一九七二年の沖縄返還まで、大城たちはドルで買い物をし、車は右側を通行していた。沖縄から本土に来るにもパスポートが必要だったのだ。

夕方に軽く食事を済ませたので、竜門は空腹を感じていない。

「これから何が起きるかわからないのに、よく食欲がありますね」

「腹が減っては戦《いくさ》ができないよ」

竜門はうなずいて、ハンバーガーを二つ買ってきた。辰巳とともに席に戻る。辰巳は、黙々と食べはじめた。大城もうまそうに頬張《ほおば》っている。

食欲がなかったが、食べてみると意外とすんなり腹に収《おさ》まった。

辰巳が竜門に言った。

「くれぐれもやり過ぎないでくれ。でないと、あんたらを傷害罪で引っぱることになる」

「巻き込んでおいて、勝手な言い草ですね」

辰巳が顔をしかめる。

「あんたらのためを思って言ってるんだ」

「無闇《むやみ》に戦う気なんてありません」

「逮捕が目的だ。抵抗するようなら、やむなく制圧するが……」

「武器を持ったやつを相手にするんでしょう？　手加減はできないかもしれません。それでも正当防衛でしょう」

「先生、正当防衛なんて、滅多《めった》に認められるもんじゃない。やり過ぎたら、俺も知らんぷりはできない」

「俺たちは、帰ってもいいんですよ」

竜門の言葉に、辰巳が反論しかけた。それより早く、大城が言った。

「心配ないですよ、辰巳さん。竜門さんは、強いからうまくやりますよ。やり過ぎるのは弱い人です」

「先生も、くれぐれも気をつけてください」

「アイ、私のことを心配してくれるんだね？」

「俺が心配しているのは、相手のことですよ。竜門先生ほど強い人は滅多にいない。あなたは、その先生なわけだから」

大城が笑った。

「だいじょうぶ、だいじょうぶ」

辰巳に協力するような形になってしまったが、大城の目的はあくまで犯人の正体を見極めることのはずだ。

武装した不良どもに警戒しつつ、犯人にも警戒する必要がある。これは、なかなか面倒な状況だと、竜門は考えていた。

辰巳が時計を見た。

「八時半か。まだ、不良どもが活動を始めるには早いが、とにかく行ってみるか」

ハンバーガーショップを出て、宮下公園に向かった。

たしかに辰巳が言うとおり、まだ宵《よい》の口《くち》だ。だが、いつ何が起きるかわからない。

空模様は、ますます怪しくなってきた。月も星も見えない。低く垂《た》れている雲に、街の明かりがぼんやりと映っている。

いい大人が三人で、公園内をぶらぶらしているのは、なんだか間抜けな気がした。竜門は、辰巳に言った。

「ばらばらになったほうがいいんじゃないですか？」

「俺に、そんな度胸はないよ、先生。なるべくいっしょにいてほしいな」

「こっちが集団だと、相手も警戒して出てこないんじゃないですか？」

「相手ってのは、悪ガキどものことか？　それとも連続傷害事件の犯人のことか？」

竜門は、そう尋《たず》ねられて、自分でもどちらかはっきりしなかったことに気づいた。

今日、ここにやってきた目的は、武装している不良たちを、凶器準備集合罪で摘発することだ。だが、犯人のことを強く意識しているのも事実だった。

竜門はこたえた。

「両方ですよ」

「不良どもは、パトロールをしている。だから、こうして歩き回っているうちに、必ず出っくわすはずだ」

竜門は昨日のことを思い出していた。辰巳が言うとおり、若者たちはパトロールをしていたようだ。そして、犯人に出会った。

犯人のほうも、それを知っていたはずだ。知っていながらこの公園にやってきた。不良たちが自分を狙っていることを承知の上だということになる。

いや、それを利用しているのだろう。不良たちは仕返しをしようと考えている。それは、犯人にとっては都合がいいのかもしれない。向こうから獲物がやってくるということなのだ。

宮下公園は、広くはない。竜門たち三人は、何度も同じ場所を行ったり来たりするはめになった。

ついに、辰巳がベンチを見つけて腰を下ろしてしまった。

「運動不足がこたえるな……」

大城も辰巳の隣に座った。

「別にこうして休んだところで、誰も文句は言わないでしょう」

竜門は立ったまま、周囲を見回していた。辰巳がしみじみとした口調で言う。

「しかし、ここは不思議な空間だな……。木々が生《お》い茂《しげ》り、地面があるが、この下は駐車場なんだよな」

「そうですね……」

宮下公園は、JR線と明治通りに挟まれた細長い人工の地盤に造られた公園だ。フットサルのコートなどもある。

こうして見回すと、路上生活者のテントハウスも眼につく。その中の一人が、昨年の四月に不審な死を遂げたということだ。

ずいぶんと歩き回ったつもりだったが、時計を見るとまだ十時を過ぎたばかりだ。

竜門はまだいいが、大城は辛《つら》いのではないかと思った。

いくら鍛えているとはいえ、年齢が年齢だ。だが、一番辛そうなのは、辰巳だった。もう少し痩《や》せたほうがいい。そう思ったが、自覚しているはずなので、何も言わなかった。

辰巳と大城は、なかなかベンチから立ち上がろうとしなかった。

「まいったな……」

辰巳が言う。「虫除《よ》けスプレーを用意しておくんだった」

たしかに、しきりに蚊の羽音が聞こえる。竜門も何ヵ所か刺されていた。夜気はじっとりと湿っており、肌にまとわりつくようだ。

いつ雨が落ちてきてもおかしくない空模様だ。

竜門は辰巳に言った。

「座っていると、よけいに刺されますよ」

「そうだな……」

辰巳は、大儀そうに立ち上がった。大城も腰を上げる。

三人は、再び公園内を歩きはじめた。それから一時間ほど経《た》った。辰巳が、再びベンチに座ろうとしたとき、渋谷駅の方角から二人組が歩いてくるのが見えた。

手に何かを持っている。

「辰巳さん」

竜門が呼びかけると、辰巳が顔を見た。そして竜門の視線を追って、二人組を見つけた。

「武器を持ってるな……」

「どうしますか？」

「なに、通常のやり方だ」

「……というと？」

「職質をかけて、任意同行。拒否すれば、凶器準備集合罪で緊急逮捕だ」

「おとなしく相手が任意同行すれば、私と大城先生の出番はありませんね」

近づきつつある二人組のほうを見て、辰巳が言った。

「あいつらが、おとなしくこっちの言うことを聞くと思うか？」

竜門は何も言わなかった。

辰巳は、二人組が目の前までくると、近づいて言った。

「そんなものを持って、何をする気だ？」

二人組は、立ち止まり辰巳を睨《にら》みつける。どちらも、二十歳になるかならないかだ。辰巳の話によると、二十歳を過ぎた不良は、逮捕されるのを嫌がって一線を退くということだから、彼らはまだ二十歳前だろう。

二人とも髪を短く刈《か》っている。凶悪な眼をしていた。一人は、金属バットを持っている。もう一人は、アスレチックテープを巻き付けた鉄パイプだ。

鉄パイプを持ったほうが言った。

「何だ、てめえは」

「通りがかりの者だが……」

鉄パイプを持ったやつが言う。

「おっさん、怪我《けが》するから、俺たちにかまうんじゃねえよ」

竜門と大城は、離れたところでそのやり取りを見守っていた。二人の若者は、竜門たちのことなど気にも留めていない。

早く警察手帳を出せばいいものを……。

竜門は、そう思いながら辰巳を見ていた。おそらく、辰巳はぎりぎりまで手帳を提示しないつもりだ。

相手を挑発して、引っ込みがつかなくなるまで待つ。それから手帳を出すというわけだ。

なるほど、辰巳が自分で言っていたように、警察はあまりフェアじゃない。

辰巳が、鉄パイプを持ったやつに言う。

「かまいたくはないが、そんなもの持ってうろついているんじゃ、黙って見てるわけにはいかないな」

竜門は、二人を観察していた。武器を持った二人を同時に相手にするのは愚かだ。万に一つの勝ち目もない。どちらか一方を先に倒さなければならない。

先に格上のほうを倒せれば、もう片方はおとなしくなる。

しゃべっているのは鉄パイプを持ったほうだ。金属バットのほうは、じっと辰巳を見つめている。竜門と大城のほうは見ないが、警戒しているのは明らかだ。

金属バットを持ったほうが手強《てごわ》い。竜門はそう判断した。先に倒すとしたら、そちらだ。

そう思ったとき、大城が囁《ささや》いた。

「竜門さん。鉄パイプのほうは任せるよ」

大城も金属バットのほうが格上だと判断したようだ。強いほうを引き受けると言っているのだ。

別に竜門のことを気づかっているわけではない。単純に強いほうとやりたいというだけのことだ。

やはり常人とは違うと、竜門は思った。普通なら強い相手は敬遠したい。試合でも実戦でもそうだ。

だが、大城のような武士《ブサー》にとっては、おいしい獲物に過ぎない。絶対的な自信があるのだ。

鉄パイプを持つ男が、辰巳に言う。

「怪我するから、あっちへ行けよ」

「怪我をする？」

辰巳はのんびりとした口調でこたえる。「つまり、その鉄パイプや金属バットで俺を殴るということか？」

「そうしてほしいのか？」

辰巳が竜門と大城のほうを見た。

「今のを聞いたな？　こいつらが持っているのは、間違いなく武器だ」

大城がこたえた。

「おう、聞きましたよ。いつでも証言しますよ」

鉄パイプの男の緊張が高まるのを感じた。

辰巳がようやく警察手帳を出して、バッジと身分証を提示した。

「ちょっと署まで来てもらうよ」

鉄パイプの男が、うろたえた様子で金属バットの男を見た。

金属バットのほうが、薄笑いを浮かべて辰巳に言った。

「これから、野球の練習に行くんだよ。別に問題ないだろう?」

「鉄パイプを持って野球の練習か?」

「これは素振《すぶ》りに使うんだ。バットを振るよりも握力がつく」

「そういうものを持ち歩くときはケースや袋に入れなければならないんだ。話を聞きたいから署まで来てくれ」

金属バットの男の顔から薄笑いが消えた。

辰巳がこたえる。

「マッポとごちゃごちゃやってる暇はねえんだよ」

「俺も暇じゃない。さあ、いっしょに来るんだ」

二人の若者たちは、互いの顔を見合った。何かを確認するような仕草だった。あるいは、覚悟を決めたのかもしれない。

鉄パイプの男がわずかに左足を前に進める。

竜門は、辰巳に言った。

「危ないですよ。さがってください」

辰巳は、言われるままに後退した。竜門と大城が歩み出る。

鉄パイプの若者がさっと竜門たちのほうを向いた。金属バットのやつもゆっくりと体の方向を変えた。

竜門が身構えようとした瞬間、大城は散歩でもするように歩き出した。両手をだらりと下げて無防備のまま金属バットの若者に近づいていく。

何かを話しかけに近づくように見える。相手は、一瞬戸惑った。

大城はさらに近づく。

相手が慌てて金属バットを振り上げようとした。だが、すでに遅かった。

大城は、金属バットを持った右手を押さえるようにしてさらに近づく。相手は、右手を押さえられただけで、動けなくなっていた。

「野郎、なんの真似だ？」

その若者は、うめくようにそう言うと、左手で殴りかかろうとした。大城は、その機先を制して、とんと相手の胸を掌《てのひら》で押した。

若者は、うっと声を洩《も》らしてよろよろと後退した。その手には金属バットはなかった。大城が持っていた。まるで手品を見ているようだった。

若者は、おそらく一瞬息ができなくなったはずだ。大城は正確に三枚《さんまい》と呼ばれるツボを突いたのだ。

鉄パイプを持った若者は、きょとんとした様子でそれを見ていた。竜門が彼に言った。

「ぼうっとしている場合じゃないだろう」

若者は、はっとして両手で鉄パイプを構えた。

こちらは、大城ほど見事にはやれない。ぶちのめすのなら、比較的簡単だが、辰巳にやり過ぎるなと釘《くぎ》を刺されている。

相手は必ず先に手を出してくるだろう。そこを狙うしかない。

「うらあ」

若者が声を上げて鉄パイプを振り上げる。その瞬間に飛び込んだ。相手の右腕をこちらの右手で制しつつ、左の拳《こぶし》を三枚に叩き込む。脇腹の少し上の肋骨《ろっこつ》の部分だ。

相手は動きを止めた。そのまま崩れ落ちる。竜門は、鉄パイプをもぎ取った。

金属バットの男は、怒りに眼を光らせて大城に素手で殴りかかった。完全に切れている。大振りの右フックだ。そんなパンチが大城に当たるはずがない。

大城は、すっと歩を進めると相手の懐《ふところ》に入り、掌底《しょうてい》で顎《あご》を突き上げた。相手はひっくり返ってしまった。

「十一時二十分。傷害の罪で現行犯逮捕する」

辰巳が言った。

金属バットを持っていたやつは、尻餅《しりもち》をついたままだ。もう一人は、唖然《あぜん》として立ち尽くしている。

二人とも何が起きたのかわからない様子だ。本当に強い者にやられると、この二人のような反応を示すものだ。

辰巳が携帯電話で応援を呼んだ。

金属バットを持っていたやつが逃げ出そうとした。辰巳は、その襟首をつかまえて、後ろに引き倒した。

「おとなしくしていろ」

辰巳が応援を呼んでしばらくすると、制服を着た警察官たちがやってきて、二人をパトカーまで連れて行った。

辰巳は、警察官たちに金属バットと鉄パイプを手渡した。それから、竜門に言った。

「先生、協力を感謝するよ。俺は、これからあいつらの取り調べだ」

「彼らから聞き出した話を、私たちにも教えてくれるんでしょうね？」

「話せることは話す」

それで納得するしかない。立場上話せないこともあるだろう。それについて文句を言うつもりはなかった。

辰巳は渋谷署に引きあげて行った。その後ろ姿を見送りながら、竜門は大城に言った。

「もう遅いから、我々も引きあげましょうか?」

「もう少し様子を見ていきましょうね」

大城にとっては、あまりに手ごたえがなさ過ぎたのかもしれない。あるいは、連続傷害事件の犯人を探したいのかもしれない。

もしかしたら、犯人はどこかに潜《ひそ》んでいて、大城が戦う姿を見ていたかもしれない。

竜門が金属バットを持った若者と対峙《たいじ》したとき、犯人らしい人物が、攻撃は下から来ると教えてくれた。それを思えば、今もどこかからこちらの様子をうかがっていてもおかしくはない。

竜門は、周囲の気配を探った。木の陰、あるいは灌木《かんぼく》の茂みの向こうに誰かが隠れているかもしれないと思った。

大城は、のんびりとした歩調で歩きはじめた。竜門はそれに追いついて並んだ。

大城は、リラックスしているようで、実は周囲を警戒している。竜門にはそれがわかった。大城も、犯人が近くにいるかもしれないと考えているのだろう。

大城が立ち止まった。

行く手に、若者の集団が見えた。五人ほどいる。彼らは、金属バットなどは持っていない。だが、公園の一角にたむろしている様子は剣呑《けんのん》な雰囲気だ。

「竜門さん」

大城が言った。「あいつら、刃物を持っているよ。気をつけなさい」

12

三人がしゃがんでおり、二人が立っている。竜門たちが近づいて行くと、彼らは威《い》嚇《かく》的な視線を送ってきた。

そのまま通り過ぎれば何事もなかったはずだ。だが、そうはいかない。

大城が立ち止まった。そして、五人をじっと見つめる。それが、不良たちに対する挑発的な行為であることは誰でも知っている。いわゆる「ガンをたれる」という行為だ。

もちろん、大城は承知の上でやっているのだ。

立っている二人のうちの一人が言った。

「何だよ、じじい。何か用か?」

「アイ、田舎からでてきたオジーは、都会の若者が珍しくてさ」

「眠てえこと、言ってんじゃねえぞ。用がないなら、あっち行けよ」

「私が若い頃には、オジーにそんな口きいたら、コロされたよ」

もちろん、この場合の「コロされた」は、「やっつけられた」という意味だ。

若者が大城を睨みつけて言う。

「俺が殺してやろうか?」

「さて、ヤーにできるかな?」

その若者が歩み出てきた。大城に近づいて行く。竜門は彼の前に立ちふさがった。

「何だよ。てめえが先か?」

その言葉が終わらないうちに、相手はいきなりこちらの大腿部《だいたいぶ》を狙って、回し蹴りを出してきた。

ローキックだ。もともとはムエタイの技だが、ある空手の団体が取り入れてから、日本でも一般的な技になった。

どこを蹴ってこようが、突いてこようがやることは同じだ。一歩前に出てカウンターを決めるだけだ。

殴ると後が面倒なので、平手で顔面を押してやった。蹴りの途中で顔面に衝撃を受けた相手は、尻餅をついてしまった。

蹴りが大腿部に当たったが、打撃ポイントを外していたのと、インパクトの前にこちらのカウンターが決まったので、ダメージはまったくない。

尻餅をついた若者が立ち上がると同時に、しゃがんでいた三人も立ち上がった。

彼らは臨戦態勢だ。こうなるのが、大城の望みだったのだろうか。ならば、やるしかない。

相手もそれなりに喧嘩慣れしているはずだ。一対一では戦おうとしないだろう。だが、こちらはできるだけ一人ずつ相手にしたい。

それには、一撃で相手を無力化することだ。こちらから仕掛けると、攻撃がかわされたりさばかれたりする。とにかくカウンターが一番効果的なのだ。

まず、二人が前に出て来た。やはり最初のやつと同じく、一人がローキックを出してきた。

竜門は、さきほどとまったく同じことをする。ローキックをカットする必要もかわす必要もない。一歩前に出て顔面に一撃を加えるだけだ。

すぐに立ち上がってくると面倒なので、今度は顎に掌底を撃ち込んだ。斜《なな》めから弾《はじ》くように当てる。

相手は、その場にすとんと腰を落とした。膝《ひざ》から力が抜けたのだ。ごく軽い脳震盪《のうしんとう》を起こしたのだ。

続けざまに次のやつが攻撃してくる。

顔面にフックを打ち込んでくる。こういう場合、たいていがフックだ。真っ直ぐに正拳を出してくるやつはいない。もしいたら注意しなければならない。そいつは、間違いなく空手か日本拳法の心得がある。

竜門は、やはり同じことをする。一歩前に出て、顔面に掌打を見舞う。顎に掌底を当てた。

その若者も、地面に腰を落とす。

小さな金属音がして、竜門は警戒心を募《つの》らせた。残った二人がナイフを取り出したところだった。

一度倒したやつも、すぐに起き上がってくる。軽いダメージは、すぐに回復する。

そして、火に油を注ぐことになるかもしれない。

二人がナイフを取り出したのを見て、他の三人もナイフを出した。刃物に対する恐怖感は、金属バットなどよりも直接的だ。

触れれば切れるし、刺されれば即致命傷につながりかねない。

竜門は、右手を前に身構えた。

「竜門さん、まだまだだねえ」

大城の声が聞こえてきた。「喧嘩ではね、構えが隙《すき》になるんだよ」

竜門はこたえた。

「私は、先生から喧嘩を習った覚えはありません」

大城の笑い声が聞こえる。この状況で笑っている。

ナイフを構えた若者が近づいてきた。大城が前に出た。ナイフの若者が立ち止まる。

大城は止まらない。

　相手が一歩引いた。大城は一定の歩調でさらに前進する。

「野郎……」

　若者がナイフを突き出してきた。大城はそれでも前進する。ナイフをまったく無視するように、わずかに転身すると相手のあばらに、しゃくるような蹴りを入れた。同時に拳で突いていた。

　大城の得意技だった。これがカウンターで決まればひとたまりもない。相手は、地面に倒れてそのまま動かなくなった。

　二人目が、同じようにナイフをかざして大城に迫る。大城は、やはりナイフなど気にしないように、外側に転身して、突きと蹴りを同時に見舞った。

　二人目も崩れ落ちて動かなくなった。

　残りの三人は、最初に竜門に倒された連中だった。二人が、倒されたのを見て、どうしていいかわからない様子でこちらを見ている。

　竜門は、彼らに言った。

「消えろ」

　三人は動かない。竜門は、さらに言った。

「刃物を出したからには、こちらも手加減しない。死ぬかもしれないぞ。それが嫌なら、さっさとここから立ち去れ」

彼らは、そっと顔を見合った。逃げ出したいのはやまやまなのだ。だが、最初に逃げ出したら面子《メンツ》がつぶれる。さらに、二人倒れている。それを放っておいて逃げるわけにはいかないのだ。

「だいじょうぶだ」

竜門は言った。「この二人は、面倒をみてやる」

「うるせえ、てめえ、ぶっ殺してやる」

一人がそう喚《わめ》くと、突っこんできた。

竜門は、ナイフを持つ手の外側に転身した。勢いあまって若者はたたらを踏む。軽く足をかけてやるだけで転がった。

「危ないね」

大城の声がする。「ナイフを持ったまま転んだら、大怪我をするよ」

残りの二人は、じりじりと後退していた。竜門は、それを横目で見ていた。

今、前のめりに転がったやつが、起き上がろうとした。竜門は、その背中を踏みつけた。それを見た二人は、ついに逃げ出した。

踏みつけていたやつの襟首をつかまえて引き立てた。

「さあ、おまえも消えろ」

背中を押すと、そいつも駆け出した。

大城に倒された二人だけが残った。まだ落ちたままだ。

「先生」

竜門は言った。「このままだと、危ないですよ」

「竜門さんが、活《かつ》を入れてあげればいいさ」

「先生の後始末ですか……」

「弟子なんだから、それくらいやろうね」

竜門は、まず二人からナイフを取り上げた。倒れている若者を仰向けにして、また
がった。両手で首を持ち、両方の肘《ひじ》を相手の胸にあてがう。

「はっ」

気合いとともに、首を持ち上げつつ胸を両肘で押す。

相手が息を吹き返した。

もう一人にも同じように処置した。

二人は、夢から覚めたような顔をしている。何が起きたのかわからないのだ。

大城が二人に言った。

「ちょっと、訊きたいことがあるんだけどね」

二人は、はっと大城の顔を見た。自分たちが戦っていたことを思い出したようだ。

恐怖と憎しみが入り混じった表情で大城を見る。

大城はかまわず続けた。

「あんたら、武器を持ってこの公園をうろついているようだけど、誰かを探しているわけ？」

二人はこたえようとしない。大城はかまわず質問を続ける。

「相手はどんなやつなんだろうね？」

やはり相手はこたえない。

そのとき、昨日とまったく同じことが起きた。

遠く離れた場所で、悲鳴が聞こえた。

竜門は、大城と顔を見合うと立ち上がり、その声がしたほうに駆け出した。

前方に、三人の男が倒れているのが見えた。その周辺に、ナイフが三つ落ちている。

先ほど、竜門の目の前から逃げていった三人だ。

全員、手首や肘が妙な角度に曲がっている。関節を外されているようだ。

竜門は、周囲を見回した。

犯人がまだどこかにいるかもしれない。だが、すでにそのあたりに人の気配はなかった。

竜門は、倒れている三人の様子を見た。一人は意識があった。だが、関節を外された痛みのために朦朧《もうろう》としている。

「誰にやられた？」

若者は途切れ途切れにこたえる。

「やつだ。ホームレス野郎だ……」

竜門は、ふと気づいて、意識を失っている若者のシャツをめくってみた。脇腹に特徴的な痕跡が残っていた。

突きと蹴りを同時に食らった跡だ。打たれた直後でまだ痣《あざ》にはなっていないが、打撃の跡は明らかだった。

竜門は立ち上がり、もう一度周囲を見回してから、大城のもとに戻った。

「またやられました」

大城が言った。

「……となれば、長居は無用だね」

竜門と大城は公園を離れることにした。公園を出てから、竜門は一一〇番通報した。

放っておいてもいいと思ったが、意識を失っている若者たちのことが気になった。

警察が来れば、救急車を呼んでくれるだろう。

一一〇番すれば、氏名と住所を訊かれることは明らかだった。こちらから電話を切っても、番号はすでに向こうで把握している。

名前を言わなくても、どうせ調べはつく。そして、捜査員が話を聞きにやってくるだろう。

だったら、最初から名乗っておいたほうがいい。竜門は、尋ねられるまま、氏名と住所を言った。

大城は、竜門の自宅に戻るまでほとんど口をきかなかった。

自宅のリビングにやってくると、竜門は、それまでずっと緊張していたことを自覚した。緊張から解放されたとたんに、脱力感を覚えた。床の上に崩れ落ちそうだった。

大城は平気な顔をしている。彼はソファに腰を下ろすと、言った。

「喉《のど》が渇《かわ》いたね」

竜門は慌てて言った。

「今、お水をお持ちします」

「水は味気ないねえ……」

「ビールにしますか?」

「それがいいね」

竜門もアルコールが飲みたかった。冷蔵庫から缶ビールを二つ取り出して、一つを大城に渡す。プルトップを引いて、ごくごくと飲み干した。

冷たいビールが喉を下っていき、胃に収まってからほんのりと温かさを感じさせた。

大城も一気に半分ほどを飲み干したようだ。

「ああ、うまいねえ」

竜門は、一本を空にすると、すぐにまた冷蔵庫から二本取ってきた。一本を大城に渡すと言った。

「先生は、犯人にメッセージを送りましたね」

大城が缶ビールを受け取る。

「メッセージ？　何のことだろうね？」

「刃物を持ったやつを相手にしたときです。先生は、相手の三枚に突きと蹴りを同時に入れました」

三枚というのは、あばらにある急所だ。

「そうだったかね……」

しらばくれている。

「あれは、犯人が苅田に使った技と同じじゃないですか」

「苅田……？　それは誰だったかね？」

「会いに行った二人目の被害者です」

「ああ、そうだった。でもね、竜門さん。あれは、私の得意技さあ」

「そして、そのメッセージは、ちゃんと相手に伝わったようですよ」

「どういうくとぅーかみ？」

どういうことなのかと訊いている。

「逃げていった三人がやられました。やったのは、これまでの事件の犯人と同一人物でしょう。彼は、同じ技で一人を倒していました」

「突きと蹴りをいっしょに入れたわけ？」

「そうです。おそらく、犯人は先生が同じ技を使われるのを見ていたのでしょう。そして、それをまた使ってみせるために、逃げていった三人を襲撃したのかもしれません」

「竜門さんは、いろいろなことを考えるねえ」

「やられた三人のうちの一人が言いました。やったのは、ホームレス野郎だって……」

「ホームレス野郎……？」

「そうです。犯人は、おそらくホームレスのような格好をしているのでしょう。それは変装かもしれないし、本当にホームレスなのかもしれない……」

「ホームレスねえ……」

大城がどこか悲しげに言った。

「先生が探しておられることは、先方に伝わったと見ていいでしょう。問題は、これから先生がどうされたいか、ということです」

大城は、手に持ったビールの缶を見つめていた。一口ビールを飲むと、彼は言った。

「どうすればいいのか、私もわからないのさ」

「でも、何かの目的があって、東京にいらしたのでしょう？」

大城が、二本目のビールを飲み干した。竜門は言った。

「シマーを用意しましょうか？」

シマーというのは、泡盛のことだ。大城がにっこりとほほえんだ。

「それは上等だね」

竜門は、泡盛と氷と水を用意した。大城に水割りを作ると、つまみを用意した。

自分のためにも水割りを作った。

しばらく無言で飲んだ。

「竜門さん。ぐぶりーさびたん」

申し訳ないと言っているのだ。ぐぶりーの語源は「ご無礼」だそうだ。

「そうお思いでしたら、事情をお話しください。それとも、まだはっきりしたことがわからないので、話してはいただけないのでしょうか？」

大城が溜め息をついた。

「犯人は、たぶん、俺の弟子だった男さ」

これは、充分に予想していたこたえだった。

「なるほど……」

「私には、弟子は何人もいないからね……」

「だから、ニュースを見てぴんときたということですか？」

大城は、苦笑した。

「だからよー。超能力者じゃないんだから、ニュースで見ただけで、そんなこと、わからないからね」

「じゃあ、どうして……」

大城は、泡盛の水割りを一口飲んでからこたえた。

「ずっと行方《ゆくえ》を探してたからね。ニュースで事件のことを知ったとき、まさかと思った。確かめに来ずにはいられなかったわけさ」

「ずっと行方を探されていた……。いつ頃からですか？」

「もう、二十年になるかね……」

「二十年も、探し続けておられたのですか……？」

「必死で探し回ったというわけではないよ。でも、弟子といえば子供も同然だからね。いつも気に懸《か》けていたさ」

「沖縄の方ですか？」

「ウチナンチュにしか、手は教えないよ」

「私は、ウチナンチュではありません」

「竜門さんは、特別さ」

本土の人には、本当の手は教えない。沖縄の根強い伝統であり、これぱかりはどうしようもない。もちろん、沖縄の流派の支部が本土にできることはあるし、本土の住人が沖縄の団体の会員になることはある。

だが、型に隠された本当の技の意味は、ごく限られた弟子にしか伝えない。その限られた弟子は、やはり沖縄の人であることが多い。

「そのお弟子さんのお名前は？」

「我那覇生剛《がなはせいごう》。年齢は五十歳を過ぎたばかりだと思う」

五十過ぎの男が、夜な夜な危険な若者たちを相手にしているというのか……。大城といい、その我那覇という男といい、まったく沖縄の空手は底が知れない。

「やられた若者が、ホームレス野郎と呼んでいたのが、その我那覇さんなのですね？」

「おそらくそうだと思うね」

「我那覇さんは、どうして若者たちを痛めつけているのでしょう？」

「さあね……」

大城は首を振った。「詳しい事情は知らない。だが、東京の若者たちは虎の尾を踏んでしまったのさ」

「虎の尾を踏んだ……」

つまり、我那覇を怒らせたということだ。さらに、何か質問しようとしたとき、インターホンのチャイムが鳴った。竜門は、立ち上がり、返事をした。

「はい、どなた……？」

「すいません、警察の者ですが、ちょっとお話をうかがいたいのです」

「警察……？」

一瞬、辰巳のことが頭に浮かんだ。大城が竜門のほうを見ていた。

竜門は、とにかくドアを開けることにした。二人の私服姿の男が立っており、警察手帳を開いていた。

「警視庁の者です。ちょっとお話をうかがえますか？」

そこに辰巳の姿はなかった。

「何でしょう？」

「先ほど、渋谷の宮下公園で、人が倒れていると、一一〇番なさいましたね？」

「ええ、しました」

「その件について、詳しく事情をうかがいたいのです」

竜門は尋ねてみることにした。

「渋谷署の刑事さんですか？　なら、辰巳さんをご存じですね？」

二人の私服警察官は、ちらりと顔を見合った。一人が言った。

「いえ、我々は機動捜査隊の者です。お話をうかがえますか？」

とにかく、話をするしかない。

「どうぞ、お入りください」

竜門は、面倒なことにならなければいいが、と思っていた。

13

二人の刑事は、部屋に入っても座ろうとしなかった。だから、竜門も立ったままだった。誰かが立っているのに、座ってはいられない。

立っているというのは、臨戦態勢だ。そんな相手が二人もいるのに、椅子《いす》に腰かけたり、床に座ったりする気にはなれない。

こんなことを考えるのは、実に大人げないし、臆病《おくびょう》な証拠だが、どうしても気になるのだ。

大城は、悠然《ゆうぜん》とソファに座っている。泡盛の水割りの入ったグラスを手放すつもりもないようだ。

刑事の一人は、髪を短く刈っており、体格がいい。ベージュの薄手のジャンパーにグレーのスラックスだ。年齢は三十代の半ばだ。

もう一人は、ジーパンに半袖《はんそで》の白っぽいシャツを着ていた。髪は、特徴のない形に刈りそろえてある。

短髪のたくましいほうが言った。

「お名前は、竜門光一さんで間違いないですね？」

彼は、クリップボードがついたルーズリーフを開いている。そこに竜門の名前が記されているのだ。

「そうです」

竜門は、こたえた。少しぶっきらぼうだったかなと、思った。

「午後十時五十分頃、一一〇番通報をされましたね？」

「時間は覚えていません。一一〇番通報をしたのは確かです」

「どこから電話されましたか？」

「渋谷の宮下公園です」

「宮下公園のどの辺ですか？」

「電話をしたのは、明治通りに出てからですね」

「公園の外に出てから通報されたということですか？」

「そうです」

「どうしてです？　まだ三人は公園内で倒れたままだったのでしょう？」

「あの三人は、なんだか物騒な連中みたいだし、どう見たってトラブルの直後でした。巻き込まれるのはごめんですからね。現場からすぐに離れましたよ。でも、知らんぷりをしたわけじゃないですよ。通報したんだから問題ないでしょう」

竜門は、気弱な一般人を演じていた。こういう場合は、それが一番だ。

短髪の刑事が言った。

「いえ、知らんぷりをしたとか、そういうことを言っているのではないのです。通報されたときの状況を詳しくお聞かせ願いたいと思いまして……」

「悲鳴のような声が聞こえて、行ってみたら三人が倒れていました。それで、怖くなってその場をすぐに離れて通報したんです。それだけです」

短髪の刑事は、ノートにメモを取りながらしきりにうなずいている。

それから、おもむろに顔を上げた。

「通報していただいたことには感謝します。ですが、ちょっと、気になることがありましてね……」

「何ですか？」

「三人はホームレスにやられたと言ってるんですが……」

やはり、今までと同じ犯人だ。

「ホームレスですか……」

「その前に、妙な二人組にもやられていると証言しているんです」

しまったと思った。仏心《ほとけごころ》を出して通報などしなければよかったと後悔した。竜門は何も言わなかった。

刑事がさらに言った。

「三人は、言いました。じじいとおっさんの二人組にやられて、その直後に、またホームレスにやられたんだと……」

竜門は尋《たず》ねた。

「そのホームレスというのは、連続傷害事件の犯人ですね？」

刑事は、竜門の質問にはこたえなかった。

「あなたは、宮下公園で何をされていたのですか？」

「散歩ですよ」

「お一人で……？」

刑事は、ソファで酒を飲んでいる大城を一瞥《いちべつ》した。竜門は、どうこたえようか考えていた。

嘘《うそ》をついても、どうせばれてしまう。刑事たちは、三人をやっつけたのが竜門と大城だと考えている。

辰巳に協力したのに、傷害で引っぱられるなんて、いくらなんでも割に合わない。

それまで黙っていた大城が刑事たちに言った。

「私が、宮下公園に行ってみたいと、竜門さんにせがんだんですよ」

短髪の刑事が、大城のほうを見て尋ねた。

「あなたは？」

竜門が、大城に代わってこたえた。

「沖縄から来ているお客さんです。大城さんといいます」

「フルネームを教えてくれますか？」

大城が名乗った。刑事は、さらに年齢と住所を尋ねて、それをノートに書き付けた。

「それで……」

刑事が大城に尋ねる。「どうして、また宮下公園なんかに行ってみたいと思われたのですか？　しかも、あんな時間に……」

刑事が我々から聞き出したいことは明らかだと、竜門は思った。警察に協力したのに、警察にこうしてあれこれ探られている。竜門はだんだん腹が立ってきた。

大城がこたえた。

「犯人に会ってみたかったのさー」

竜門は、驚いて大城の顔を見た。大城は、穏やかにほほえんでいる。ほのかに顔が赤くなっている。

刑事の眼が鋭くなった。

「何の犯人ですか？」

「決まってるでしょう。連続傷害事件の犯人さー」

「どうして、その犯人に会ってみたいんですか？」

「強い人には会ってみたいでしょう。あなた、強い相撲取りとかプロレスラーとかボクサーに会ってみたくないですか？　私は会ってみたいねえ」

「この人が通報したことはご存じですか？」

刑事が竜門を指し示して尋ねた。大城がうなずく。

「知ってるさ」

「通報される前、何をしていましたか？」

「竜門さんも言ったでしょう。散歩してたんですよ」

「犯人に会いに行くと言いませんでしたか？」

大城はかぶりを振った。

「会いに行くとは言っていないからね」

「でも、先ほど……」

「犯人に会いたいとは言いました。やてぃん、会いに行くとは言っていません。散歩していただけです」

「犯人に心当たりがあるんですか？」

大城は泡盛の水割りが入ったグラスを、静かにテーブルに置いた。それから、おもむろに刑事を見つめた。

それまでの柔和《にゅうわ》な印象が一変した。

「心当たりはありません」

大城がこたえた。「あなたがたは、一連の事件を担当しているのですか？」

刑事は気圧《けお》されまいと必死の様子だ。

「誰が担当しているという問題じゃないんです。警察官なら、誰でも法律違反や犯罪行為を取り締まることができるんですよ」

「渋谷署の辰巳さんという人が、一人で懸命に捜査しているはずです。もし、心当たりがあったとしても、あなたがたにではなく、辰巳さんに話したほうがいいと思います」

刑事は、眉《まゆ》をひそめた。

「渋谷署の辰巳……？」

いっしょだったのです」

「そうです」

竜門は言った。このタイミングを逃《のが》すわけにはいかない。「私たちは、辰巳さんと

「先ほどは、散歩していたと言いませんでしたか?」

竜門は、相手の皮肉交《ま》じりの質問にはこたえないことにした。

「彼は、先刻二人の若者に職質をして、署に連行しているはずです。私たちは、その手伝いをしただけです。公園に倒れていた三人が何を言ったか知りませんが、私たちは警察に協力し、さらに通報しただけです。それなのに、何か問題があるというのなら、逮捕でも何でもしてください」

刑事は、鼻白《はなじろ》んだ様子で言った。

「いえ、逮捕なんてとんでもない。ただ、何か手がかりがないか、お話をうかがいたかっただけなんです。そうですか……。渋谷署の刑事といっしょだったのですね……」

刑事は、なぜか不愉快そうだったが、それ以上は何も言わなかった。

彼らは、機動捜査隊だと言っていた。ということは、警視庁本部の所属だ。

警察内部のことはよくわからない。だが、警視庁本部の捜査員に、ではなく、所轄の刑事に話すという大城の言葉を不愉快に思ったかもしれないと、竜門は思った。

しかし、警察官が何を不愉快に思おうと、知ったことではなかった。竜門は言った。

「これ以上何か訊《き》きたいというのなら、辰巳さんに訊いてください」

「渋谷署の辰巳ですね」

短髪の刑事が言った。「わかりました。確認してみます」

おそらく本当に確認するのだろう。警察官はどんなことでも確かめずにはいられないようだ。辰巳との長い付き合いで、警察官がどういう連中かだいたいわかっている。

二人の刑事は、顔を見合った。それからかすかにうなずき合った。短髪のほうが、大城と竜門を交互に見て言った。

「夜分にどうも失礼しました。ご協力、感謝します」

彼らは礼をすると、出入り口に向かった。竜門は、彼らが出て行くまで、じっと同じところに立っていた。

大城のグラスが空になっていた。竜門がもう一杯作ろうとすると、大城が言った。

「アイ、竜門さん、もう充分さあ。さて、もう寝ましょうね」

時計を見ると、すでに十二時近かった。大城は疲れているはずだ。竜門も疲れていた。

「そうですね。では、おやすみなさい」

竜門は、寝室に向かった。

翌日は土曜日だが、予約があれば施術をする。アシスタントの真理は、午前中だけの出勤だ。

だから、なるべく予約も午前中だけにしていた。それを見計らったように、午後一番に辰巳がやってきた。

真理がいないことを確かめてから、彼は竜門に言った。

「昨日、機捜のやつが俺に電話をかけてきた」

「そうですか」

「先生は、俺が署に行った後、いったい何をやっていたんだ？」

腹を立てている様子だ。

辰巳が怒る筋合いではない。

「大城先生が、しばらくぶらぶらしていきたいというので、散歩をしていました」

「宮下公園を散歩？」

「そうです」

「悪ガキどもが、仕返しをしようと、うろついている宮下公園を、か？」

「辰巳さん。私たちは、辰巳さんの要求どおりに、武器を持った不良たちの検挙に協力したのです。その後、私たちが何をしようが、自由なはずです」

「自由だよ。だが、犯罪行為があったとしたら、俺は黙っているわけにはいかないんだ」

「私は、通報しただけです」

「本当にそれだけだと言い切れるのか？」

竜門は、溜《た》め息《いき》をついた。辰巳に詰問されるのは不愉快だ。だが、警察に嘘をついたり隠し事をするのは得策ではない。

彼らは、知りたいことがあれば、どんな手を使ってでも探りだそうとする。

「五人組がたむろしているのに出会いました。彼らは、ナイフなどの武器を持っていた……」

「そいつらに手を出したのか？」

「話を聞こうとしたんです」

「手を出したのか？」

「かかってきたので、やむなく身を守りました」

辰巳は、顔をしかめた。

「それは余計なことだとは思わなかったのか、先生」

「そうは思いませんでしたね。話を聞くためには多少の冒険は必要です。だからこそ、辰巳さんも、私たちの協力を必要としたわけでしょう？」

「俺が二人の悪ガキを連行した段階で、先生たちも引きあげてくれればよかったんだ」

「たしかにそうかもしれません」

竜門が素直に認める発言をすると、辰巳も少々トーンダウンした。

「まあ、済んでしまったことはしょうがない」

「私たちを訪ねて来たのは、機動捜査隊でしたね……」

「そうだ」

「何を言われたんです?」

「先生とはどういう関係だ、と訊かれたよ。協力者だとこたえた」

「それから……?」

「連続傷害事件について、どの程度のことがわかっているのかと、質問された。被疑者はホームレスらしいが、詳しいことはまだわかっていないとこたえた。すると、その被疑者と先生たちが何か関係があるのかと訊かれた」

「何とこたえたんです?」

辰巳は、鋭い視線を向けてきた。

「わからないとこたえたよ。本当にわからないんだからな」

「私と犯人は何の関係もありませんよ」

「先生はな……」

「どういうことです?」

「大城先生は、事件のことを知って、那覇からやってきた。それはどうしてなんだ?」

「さあ……。大城先生は、詳しく話してはくれません」

嘘を言った。刑事は嘘に敏感だ。いずれは、嘘や隠し事に気づく。いや、もう気づいているかもしれない。

話題を変えたかった。竜門は質問することにした。

「署に連れて行った二人は、何かしゃべりましたか?」

辰巳は、ふんと鼻で笑った。

「野球の練習をするつもりだったと言いつづけていた。だが、そんなふざけた言い分をいつまでも許してはいない。傷害の罪がどれだけ重いのかを、丁寧に話して聞かせたら、ようやく本当のことをしゃべりはじめた」

「本当のこと……?」

「半グレどもが、渋谷に集まりつつあると言っていた」

「半グレ……?」

「悪ガキどものことだ。暴力団にゲソをつけているわけじゃない。だが、暴力団以上にタチが悪いやつらもいる。だいたいが、元暴走族なんかだな……。少年法の恩恵を受けて、悪行三昧《ざんまい》だったやつらが、都会の闇の中でのうのうと生きていやがるのさ」

「ゲソをつける」というのは、構成員として認められるということだ。

「渋谷に集まってきているのは、犯人に仕返しをするためですか？」

「そう。最初は、やられたやつの身内や先輩なんかが仲間に声をかけたようだ。だが、そのうちに、面白半分で狩りに参加しようってやつらが出てきた」

「狩り？」

「やつらは、その気だ。だから、武器を持って宮下公園をうろついているんだ」

「犯人の手がかりは……？」

「まだない」

辰巳は、竜門を見据《みす》えた。「先生、大城先生から何か聞いてないのか？」

「何かと言いますと……？」

「犯人の手がかりだ」

「大城先生が、犯人のことを知っているとでも言うのですか？」

「誰だってそう考えるだろう。強いやつに会ってみたくてわざわざ沖縄から出て来たなんて話に信憑性《しんぴょうせい》はない。犯人に心当たりがあるから、東京にやってきたと考えたほうが納得がいく」

竜門は、眼をそらさなかった。

「大城先生は、一般人の常識の範疇《はんちゅう》に収まるような人ではありませんよ。何を考えているか、付き合いの長い私でもわからないんです」

辰巳が先に眼をそらした。

「俺は、あの先生が気に入ったんだ。そう、先生が言うとおり、俺たちのスケールには収まりきらない人かもしれない。それは理解している。だからさ、責めているわけじゃないんだ。大城先生が犯罪に加担しているとも思わない。何か知っていたら教えてほしいと言ってるだけだ」

「すいません。私は何も聞いていません」

辰巳は、溜め息をついた。

「わかった。じゃあ、昨夜、何があったのか詳しく話してくれないか？　俺が二人を連行して署に戻った後のことだ」

竜門は、できるだけ正確に話した。辰巳に隠し立てすることはない。辰巳は、竜門に協力を要請する段階で、不良たちに手を出すことは、ある程度了承済みなのだ。

話を聞き終えると、辰巳は確認を取るように言った。

「相手は五人。武器を持っていた……。間違いないな」

「ナイフを持っていました」

「そのうちの二人を大城先生がやっつけた。三人が逃げ出した。逃げ出した三人が、何者かにやられて、先生はその件について一一〇番通報した。それで間違いないな?」

「間違いありません」

「できれば、一一〇番ではなく、俺に知らせてほしかったな……」

「辰巳さんは忙しいだろうと思ったんです。取り調べなどがあったでしょう」

「電話一本で済むんだ。そうすりゃ、機捜が先生の自宅を訪ねることもなかった」

「今度からそうしますよ」

辰巳が目を丸くした。

「おい、先生。今度はもうなしにしてくれ」

「何とも言えませんね」

「最初にこの事件のことを話したとき、先生はまったく興味がないと言っていたじゃないか」

「大城先生が来て事情が変わりました」

今では、大城先生の弟子かもしれないという犯人に、強く興味を引かれている。だが、その気持ちを辰巳に伝える必要はないと思った。

「また、大城先生と二人で宮下公園に出かけるということかい?」

「そういうことになると思います」

「そんときは、俺に一声掛けてくれ」

「どうしてですか？」

「わかりきったことを訊くなよ、先生。二人が危険だからじゃないか」

「危険なことに誘ったのは誰ですか？」

「半グレどもを相手にするのが危険だと言ったわけじゃない。先生と大城先生なら、どんなやつが相手だって心配はない。俺が言ってるのは、先生たちが逮捕される危険だ」

「私たちは、警察に協力しているんですよ」

「俺たちの世界も、そう単純じゃないんだ。本部が眼を付けると、俺たちもうかつに動けなくなる」

「不良を相手にする傷害事件なんて、他の刑事は気にも留めないと言いませんでしたか？」

「大城先生が来て、先生の事情が変わったように、こっちも事情が変わったんだよ」

「私が一一〇番したことが影響しているんですか？」

「直接影響しているわけじゃない。だが、機動捜査隊が情報を上げたところ、いくつかの部署が問題視しはじめた」

「いくつかの部署？」

「まず、捜査一課の強行犯担当だ。そして、組対《そたい》四課。それに生安《せいあん》部の少年事件課だ。被害者は悪ガキで同情の余地はないが、なにせ事件が続きすぎた。これが、二件や三件で済んでくれれば注目されることもなかったんだ」

「組対四課というのは、マル暴ですね？　それに少年事件課ですか……」

「本部が問題視しているのは、半グレが組織だった動きを始めたということなんだ。半グレが動けば、暴力団も黙ってはいられないだろう。中には暴力団の予備軍もいる。組対四課はその点に注目しているわけだ。少年事件課は、半グレの下っ端《したっぱ》として少年が多く関わっていることに注目している」

「その三つの部署が犯人を追うというわけですか？」

　辰巳は頭をかいた。

「そのへんも、微妙だな……。捜査一課は、明らかに傷害犯を逮捕しようとしている。だが、組対四課は、この騒ぎに便乗して暴力団の現存勢力にガサの一つも入れたいと考えているんだ。少年事件課も同様でね……。彼らは、札付きを常にリストアップしている。そのリストにある不良を、一人でも二人でも検挙したいのさ」

「あの狭い宮下公園に、半グレと警視庁の三つの部署の捜査員、それに辰巳さんがひしめき合うというわけですか？」

竜門は、あきれた。たしかに、現在の宮下公園は危険だ。だからといって、警察の三つの部署がそれぞれの思惑で捜査員を派遣するというのは、いかにもお役所仕事だという気がした。

「だから、そんなところで揉め事を起こすと、たちまちしょっ引かれてしまうぞ」

「犯人だって、よほどのばかじゃなければ、考えるでしょう。拠点を移すかもしれません」

「犯人は、宮下公園にこだわっているんだ」

「なぜです?」

「おそらく、焼死したホームレスと何か関係があるんだろうな」

辰巳は、探るような眼を向けてきた。誘いをかけておいてこちらの反応を見ようというのだろう。竜門は無視した。

『トレイン』の岡田は、たしかに焼死したホームレスと犯人の関係を臭わせていた。大城の弟子と、焼死したホームレスは、いったいどういう関係なのだろう。

「最初の被害者は、ホームレスに嫌がらせをしていたんでしたね……」

「そうだ。それが、狙われた理由であることは間違いないと思う」

「その後の事件は……?」

「最初にやられた三人の仲間だったというのが理由だろう。そして、さらにはその仲間がやられた。だが、噂《うわさ》が広がると、直接の仲間でなくても、面白がって狩りに参加するやつらが出てきた。昨日署に身柄を引っぱった二人だが、最初の被害者の三人とはまったくつながりがなかった」

「面白半分に『狩り』に参加したやつら、ということですね？」

「面白半分というが、やつらはマジだ。大げさに言えば、存在の証《あか》しをかけている」

わからないではなかった。アウトローは、体を張ることくらいしか、存在価値を示すことができない。

自分も似たようなものだと、竜門は思う。

黙っていると、辰巳が質問してきた。

「今夜も宮下公園に出かけるのかい？」

「大城先生次第ですね」

辰巳はつぶやいた。

「週末くらいは休みてえなあ……」

14

「昼を勝手にいただいたよ」

部屋に戻ると、大城が言った。

「すみません、昼食の準備もしないで……。辰巳さんと話をしていたもので……」

「なに、かまわないよ。私は居候《いそうろう》だからね」

竜門は、残り物で昼飯を済ませた。食べるものにこだわるほうではない。整体師の中には、医食同源《いしょくどうげん》などと言って、食事にうるさい人がいる。

たしかに、食は重要だ。医食同源という思想も間違ってはいない。

だが、拘泥《こうでい》し過ぎるのは問題だと、竜門は考えていた。基本的に、どんなものでも食べたものは体の役に立つ。竜門は、食べたいものを食べるのが、体に一番いいと思っている。

問題は、食べ過ぎなのだ。

現代人は、常に過食状態にある。だから、自分の体が欲しているものがわからなくなる。適度な空腹状態だと、自分の体に必要なものが食べたいと感じるものだ。

それがわからないような状態は、すでに病んでいるのだと言える。病気は突然始まるのではない。原因もあれば、予兆もあるのだ。

予兆にいち早く気づけば、軽症で済む。重病でも早期発見ならば、助かる確率が高くなる。

体を健《すこ》やかに保つためには、自分の体の訴えに耳を澄ませることが大切だ。

食器を洗っていると、大城が声をかけてきた。

「辰巳さんは、何と言ってたのかね？」

「何だか、いろいろと面倒なことになっているようです」

「面倒なこと……？」

竜門は、機動捜査隊の報告から、警視庁本部の捜査一課、組対四課、少年事件課が動きはじめたことを伝えた。

「公園に、たくさん刑事たちが集まるということね？」

「そのようですね。ですから、そこで面倒を起こすと、逮捕されかねないと、辰巳さんは言っていました」

大城が珍しく表情を曇らせた。

「犯人も捕まってしまうかもしれないね」

「公園内が刑事だらけになるということは、それだけ逮捕される確率も増えるでしょうね」

「仕方のないことかもしれないねえ……」

「犯人は、先生の弟子かもしれないとおっしゃいましたね？」

「その可能性はおおいにあるんじゃないかと思ってるわけさ」

「犯人は、焼死したホームレスと何か関係があるらしいのですが……」

「本人もホームレスのようだと言っていたね……」

大城は悲しそうだった。

「我那覇《がなは》さんとおっしゃるのでしたね。どういう方だったんです？　話してくれませんか？」

大城は、しばらく黙って考え込んでいた。

やはり話してはくれないのか……。

竜門が諦めかけたとき、大城が言った。

「真面目《まじめ》な男やっさー」

竜門は、黙って次の言葉を待つことにした。大城が続けて言った。

「真面目だけに、融通がきかん。曲がったことが嫌いやてぃん、世の中曲がったことだらけさあ。なかなかああいう男は生きづらい……」

だいたい素性がわかってきた。

一本気で人に誤解されやすい人物。おそらくは、表稼業ではない。

「ヤクザですか？」

「そう呼ぶ人もおる。だけどね、竜門さん。沖縄はヤマトとは違うのさ。アメリカ世《ユー》からヤマト世になったときのことを、今でもよく覚えているよ」

「一九七二年のことですね」

アメリカ世というのは、戦後のアメリカ施政権下時代のことだ。七二年に日本に復帰してからがヤマト世だ。

大城が言うとおり、沖縄は本土とは違う混乱の歴史を持つ。

一七世紀の島津藩による琉球《りゅうきゅう》支配、一九世紀には明治政府による琉球処分がある。これが第一のヤマト世だ。

太平洋戦争では、日本で唯一の戦場となり、想像を絶する悲劇を体験した。そして、アメリカによる支配。暴行や傷害などの米兵の犯罪は後を絶たなかった。

沖縄のヤクザの歴史は、そうした不幸な境遇との戦いの歴史でもあった。端的な例は、米兵との戦いだ。

誰かが身をもって沖縄の人々を守らなければならなかった。それを担《にな》ったのが、腕に覚えのある荒くれ者たちだ。

彼らの多くが、空手をやっていた。那覇の街を歩くと、いくつもの空手の道場が眼に入る。

道場を持っていなくても、空手の心得のある人はいくらでもいる。沖縄の人々にとって、空手はとても身近なものなのだ。

沖縄の暴力団の母体となった「戦果アギヤー」も、単なる窃盗団ではなく、米軍に対する抵抗勢力という一面を持っていた。

さらに、空手道場が沖縄の特殊事情を生むことになる。

「空手をやる者は、警察官かヤクザになるしかない」などと言われた時代もあった。その言葉は、事実を物語っている。

警察官とヤクザが同じ道場で修行をしていることなど珍しくはないのだ。代表的な例が、比嘉佑直《ひがゆちく》の『究道館』で宜保俊夫《ぎぼとしお》が師範代を務めていたという事実だ。比嘉佑直は警察官だったし、宜保俊夫は東声会の沖縄支部長という立場だった。

大城が言った。

「それまでドルだったのに、円を使えという。店では大混乱だった。もっとすごいのは、七八年だよ。この年にそれまで右通行だった自動車が左通行になった。私はね、国際通りでどうなるか見ていたよ。てんやわんやとは、まさにあのことさ」

沖縄を訪れる観光客は、誰もがそののんびりとした風情に心が和《なご》むと言う。だが、沖縄の人々の心の奥底には、不屈《ふくつ》の激しい情熱が隠されている。

闘牛や闘鶏といった伝統的な遊技にもそれを垣間見ることができる。エイサーや大綱引きといった行事は、もともと極めて勇猛なものだし、成人式は日本一荒れると言われている。

復帰後、沖縄に進出しようとしていた本土の暴力団が、「沖縄のヤクザはちょっと違う」とあきれたように言ったそうだ。

沖縄では、空手道場で生計を立てるというのは、むしろ珍しく、各流派の重鎮や道場主であっても、本職を持っていることが多い。

昔は空手で金を儲《もう》けてはいけないという不文律があった。それは、首里王府時代からの伝統だろう。

大城もかつては公務員だった。役所づとめのかたわら、空手修行に没頭した。彼は道場を持たなかった。

しかし、一九七〇年代には、噂になるほどの使い手となった。竜門が会ったのは、十五年以上前のことだ。

噂を頼りに、自宅を訪ねていったのだ。最初は門前払いだ。何度も通い、ようやく指導してもらえることになった。おそらく、我那覇もそうだったのだろう。

大城と我那覇の年齢差は約三十歳。もしかしたら、竜門が習っていた頃、我那覇も大城から空手を教わっていたのかもしれない。

大城の指導は、完全にマンツーマンなので、他にどんな弟子がいるのかわからなかった。そして、大城は他の弟子については語ろうとしなかった。

「我那覇さんは、先生の許《もと》でどれくらい修行されたのですか？」

「四十年前から二十年間ほどだね」

竜門は驚いた。

「我那覇さんは五十歳ということでしたね。すると、十歳の頃から先生について稽古《けいこ》をされていたということですか？」

「まだ、小学生だったが、腹の据わった子だった。父親知らずの子でね。父は米兵だということだが、誰だかわからない。当時、沖縄にはそういう子が珍しくなかった」

「先生が空手を教えることになったきっかけは何だったんです？」

「生剛《せいごう》が万引きをした。それをたまたま通りかかった私が捕まえてさあ……。生剛は、強情で罪を認めようとしない。私は、追いかけてきた店の者に言って、そのまま自宅に連れて行った」

「そのときから空手を……？」

「最初は、話を聞くだけさ。生剛も、当時まだ生きていたうちの奥さんの料理につられて毎週日曜日にやってくるようになった。そのうちに、なんとなく空手を教えるようになった」

「強くなったでしょうね……」

「中学生になると、生剛と喧嘩をして勝てるやつはいないと言われていたね。いくら喧嘩をするなと言っても無駄だった。まあ、その当時、まだ私も掛け試し《カキダミシー》をやっていたから、説得力はなかったね」

素手の喧嘩を容認するのも、沖縄の伝統だ。昔の武士《ブサー》は、腕を磨くために辻と呼ばれる遊郭などで戦いの相手を見つけては戦いを挑んだのだという。

その風習は、長い間受け継がれてきた。四十代の大城ならば、まだまだ血気盛んだったに違いない。

体力と技の両方が充実している時代だ。おそらく、向かうところ敵なしだっただろう。我那覇生剛は、そんな大城に空手を習ったことになる。

大城の指導は厳しかった。だが、その時代の大城はもっと厳しかったのではないだろうか。

「我那覇さんは、二十年前に姿を消して、それ以来、先生は消息を気に懸けておられた……。たしか、そうでしたね?」

「はい」

「二十年前に、何があったんです?」

「暴力団同士の抗争が続いてね……。我那覇は、そこでも大暴れをして、いつしか敵対勢力から付け狙われ、島にいられなくなった……」

「なるほど……」

沖縄の暴力団抗争はすさまじい。戦果アギヤーを母体とするコザ派と、空手愚連隊の那覇派の抗争を皮切りに、何度も大きな抗争事件が起きている。

歴史が新しい沖縄の暴力団は、二次団体などを持たないので、いきなり頂上対決になる。狭い島の中で起きるので、逃げ場がなく、さらに日本で唯一の地上戦が行われた土地柄や、ベトナム戦争を背景とした殺伐とした雰囲気が、こうした抗争に拍車をかけたと言われている。

我那覇は、そういう世界で頭角を現したのだろう。出る杭《くい》は打たれる。敵対勢力のターゲットとされては、狭い島では生きていけない。

「どこで何をしているのか、まったくわからなかった」

「便りもなかったのですね？」

「私に迷惑をかけまいと思ったんだろうね。音信不通さ」

「ニュースを見て、ぴんと来たというわけですか？」

「そうであってほしいという思いがあったからね……。実を言うと、東京に来てみるまで自分でも半信半疑だったね。それでもまあ、久しぶりに竜門さんに会えればいいさ、という思いで出てきたのさ。でも、あの若者の脇腹にある痣《あざ》を見たとき、間違いないと思った」

竜門はうなずいた。

「昨日も言いましたが、先生のメッセージは、間違いなく犯人に届きました。つまり、犯人は我那覇さんと考えて間違いないということですね」

「ホームレスになっているということは、本土に逃げてきてからも苦労したんだろうね」

「ホームレス仲間が、殺害されたことに怒りを覚えて不良たちをやっつけて歩いているということですかね？」

「竜門さん。私は恐ろしいのさ」

「恐ろしい……？　何がです？」

「今はまだ死人が出ていない。だけど、我那覇が本気で怒ったら、こんなものでは済まないはずさ」

全盛期の大城に二十年間も空手を習った男だ。抗争での実戦経験も豊富だろう。たしかにこのままでは済まないかもしれない。

「だったら、辰巳さんに我那覇さんのことを話して検挙してもらうのが一番です。手遅れにならないうちに……」

大城は、考えていた。やがて、顔を上げて言った。

「いずれはそうしなければならないと思うよ。だけど、その前に直接話がしてみたいのさ。逮捕されるより、自首したほうがいいでしょう？」

自首というのは、厳密には、罪が発覚する前に名乗り出ることを言う。だが、自分から出頭すれば心証がいいことは事実だ。

大城と我那覇には、沖縄の人にしかわからない独特の思いがあるのだろう。それは、弟子である竜門にもわからない。

どんなに大城を尊敬し、沖縄を愛していても、ウチナンチュとヤマトンチュの間には埋められない溝がある。

竜門は、沖縄に馴染《なじ》みが深いだけにそれを痛感している。あるところまで踏み込むと、したたかな拒否反応にあうのだ。

竜門は尋ねた。

「今夜も宮下公園に行ってみますか？」

「行きたいね」

「わかりました」

竜門は言った。「では、辰巳さんにもそう伝えておきましょう」

15

土曜の夜の渋谷道玄坂は、まるで祭のような人出だ。派手な出で立ちの若い女性が目立つ。歓楽街独特の華やかさと頽廃《たいはい》。それが若者たちを引き付けるのだ。

竜門は、大城を連れて、渋谷道玄坂小路の『トレイン』に向かっていた。

こうして、若者の街にいると、いつも場違いな感じがする。若いときからそうだ。

た。

自分がいるべき場所が、いまだに見つからないような気がする。一生このままなのかもしれないと、竜門は時々思う。

大城は、那覇でずっと暮らしている。アメリカ世《ユー》に本土復帰。若い頃は激動の時代だったはずだ。それでも、大城には居場所があると思う。

ふと、竜門は、我那覇のことを思った。

生まれ育った沖縄を追われ、東京に流れ着き、どうやら今はホームレスになっているようだ。

彼の人生がどのようなものだったのか知らない。知りたくもない。だが、どうやら関わらざるを得なくなりそうだ。

『トレイン』のドアを開けると、いつものように大音響に直撃された。

カウンターの向こうで、岡田がちらりと視線をよこす。

隣で大城が何か言った。

すごい音だとでも言ったのだろう。近くにいる人の声もかき消されてしまう。

竜門は、岡田に向かって、自分の耳を指さして見せた。音が大きすぎるというものの苦情だ。

岡田は、ボリュームを絞る。竜門は、大城をカウンターの席に座らせ、自分も隣に腰を下ろした。

「いらっしゃいませ」

岡田は、大城に向かってそう言うと、オシボリを出した。竜門がそういうサービスを受けたことは記憶にない。

文句を言うつもりはなかった。岡田とは腐れ縁だ。

恩師に失礼な態度を取らなかっただけでも御の字と思わなければならない。

「紹介する。大城先生。俺の空手の師匠だ」

「岡田です。竜門さんにはお世話になっています」

どうしても皮肉に聞こえてしまう。

竜門は、岡田に尋ねた。

「その後、何かわかったか？」

「まあ、取りあえず飲んだらどうだ？」

竜門は一瞬、躊躇《ちゅうちょ》した。いつもなら平気でウイスキーのオンザロックを頼むところだ。だが、我那覇のことを考えると、アルコールを摂取する気になれない。酒は、反射神経を鈍らせる。

竜門は、大城に尋ねた。

「何か飲まれますか？」

大城がこたえるより早く、岡田が言った。

「竜門さんの先生ということは、沖縄ですか？」

大城がうなずく。

「そうです」

「ならば、これがよろしいでしょう」

棚から明らかに洋酒ではないボトルを取り出す。

「アイ、青桜《あおざくら》ね。これは上等だね」

大城がにっこりと笑う。泡盛だった。

「どうやって飲まれますか？」

「水割りでもらいましょうね」

竜門も、一杯だけ飲むことにした。いつものブッシュミルズを注文する。

酒が出てきたところで、竜門はもう一度岡田に尋ねた。

「何かわかったか？」

「関わらないほうが身のためだということがわかった」

「詳しく教えてくれ」

「宮下公園は、危ない場所になっちまったってことだ」

「半グレが組織だった動きを始めたという話を聞いた」

岡田が肩をすくめた。

「それだけ知ってりゃ充分だろう。あそこには近づかないことだ」

「ところがそうもいかない」

「なぜだ？」

「犯人は、大城先生の弟子かもしれない」

「あんたじゃないだろうな？」

「俺なんかより、ずっと上手《うわて》のようだ」

岡田は、大城を見た。大城は、うまそうに泡盛の水割りを一口飲んでから言った。

「我那覇といってね……。いいやつなんだが、なかなか世間と折り合いがつかなくてね……」

岡田が言った。

「そういう人は、味方してやりたくなりますね」

妙にしみじみとした口調だった。

竜門は岡田に言った。

「警視庁本部の捜査一課、組対四課、それに少年事件課が本腰を入れはじめたという話だ。我那覇さんが警察に逮捕されるかもしれない。大城先生は、その前に話がしたいとお考えなんだ」

岡田が難しい顔になった。常に世の中を斜めに見ているようなこの男が、こんな顔をするのは珍しい。

岡田が大城に尋ねた。

「沖縄県警から手配されているわけではないのですね？」

「まあ、叩けば埃《ほこり》はいくらでも出てくるだろうね。でも、警察に追われるようなヘマはやってないはずさ」

「じゃあ、問題は警視庁だけか……」

竜門は言った。

「当初、渋谷署の辰巳が一人で事件を追っていた。他の刑事は、不良たちの喧嘩くらいにしか思っていなかったと言っていた」

「これだけ事件が続けば、そうも言っていられなくなる……。辰巳は、我那覇のことを知っているのか？」

「まだ話してはいないが、大城先生が犯人の正体を知っていると読んでいるはずだ」

「それで、どうするつもりだ？」

「あんたは近づくなと言ったが、宮下公園に足を運ばないわけにはいかない。辰巳を外《はず》すわけにもいかない」

「外すわけにもいかない？　それはどういう意味だ？」

「いっしょに宮下公園に行くという意味だ」

岡田は、あきれたような顔になった。

「いったいあんたは、何をやってるんだ」

「もともと、辰巳が俺のところに持って来た話なんだ。俺は無視するつもりだった。だが、そうもいかなくなった」

大城が言った。

「竜門さん、済まないね。私が竜門さんを訪ねなければ、こんなことにはならなかったのに……」

「先生のせいじゃありません。辰巳が私を訪ねてきたときから、逃れられない運命だったような気がします」

「運命ね……」

岡田が溜め息をついた。「あんたも、その我那覇という人も、大城先生のお弟子さんというわけだ。たしかに、運命かもしれない」

大城が言った。

「辰巳さんは、いい人だ」

岡田がそれにこたえた。

「刑事にしては、ね……」

「私はね、どうせ我那覇が捕まるなら、辰巳さんに捕まえてほしいのさ」

「誰に捕まろうと、警察に身柄を取られたら、後は同じことですよ」

「それでもね、知らない刑事に捕まるのは我慢ならないね」

「まあ、気持ちはわからんでもないが……」

「そして、辰巳さんに捕まる前に、私は生剛と話がしたいのさ」

「セイゴウ……？　それ、我那覇さんのことですか？」

「そう。我那覇生剛というのさ」

岡田が竜門を見た。

「焼死したホームレスの話をしただろう」

「ああ。そもそもの発端だったんだな？」

「そのホームレスが叫ぶのを聞いたやつがいる。セイゴウ、助けてくれ、と……」

「我那覇さんに助けを求めたということか？」

「そういうことなんだな。どっちなのかわからなかったが、これではっきりした」

「どっちなのかわからなかった？」

「そう。セイゴウという人に命乞《いのちご》いをしたのか、それとも助けを求めたのか……」

「宮下公園あたりを根城《ねじろ》にしているホームレスは、我那覇さんを頼りにしていたのかもしれない」

「充分に考えられるな。あの連中は、いろいろな迫害にあう。悪ガキどものホームレス狩りなんかもそのうちの一つだ。我那覇さんは、体を張って、ホームレスたちを守っていたのかもしれない」

「体を張って守る……」

大城が言った。「まさに、生剛の生き方さ」

竜門は、岡田に言った。

「大城先生は昨夜、我那覇さんにメッセージを伝えた」

「メッセージ？」

「我那覇さんが使ったのと、同じ技を使って見せた。それは、もともと大城先生の得意技だった」

「それがメッセージだというのか？」

「ああ。我那覇さんには、充分に伝わったはずだ」

岡田は、あきれたようにかぶりを振った。

「武道家というのは、俺たちにはわからん」

「だから、俺たちが宮下公園に行けば、向こうから接触してくる可能性がある」

「昨日は接触してこなかったんだろう？」

「迷っているのさ」

大城が言った。「生剛は、私に迷惑をかけまいとしているんだと思うよ」

岡田が大城に言った。

「そうでしょうね」

竜門は、時計を見た。午後九時十分前だ。

「これから宮下公園に行く」

「辰巳も来るのか？」

「来る。土曜日くらいゆっくりしたいとぼやいていた」

岡田が、竜門のグラスを指さした。いつの間にか、グラスが空になっている。竜門は、言った。

「水を一杯くれ」

岡田は、うなずいた。

竜門は、いつものように情報料込みで、一万円札をカウンターに置いた。

岡田は、かぶりを振った。

「今日はいい。沖縄から来られたお客さんに、俺がごちそうする」

「俺の分は払う」

「それは、我那覇さんの分だ」

竜門は、うなずいて立ち上がった。

宮下公園に近づいて行くと、明治通りの歩道に辰巳の姿が見えた。

近づいて行くと、彼は言った。

「けっこう、やばいことになっている」

「やばいこと？」

「見たことのない捜査員が、いたるところで張り込んでいる」

「警視庁の刑事たちですか？」

「そうだ。渋谷署の捜査員も動員されている」

「辰巳さんも、呼び出されたんですか？」

「そういうことだ」

辰巳は、自分の耳を指さした。イヤホンをつけていた。受令機《じゅれいき》のイヤホンだ。彼は、無線を聞いているのだ。

「こんなところにいてだいじょうぶですか？」

「持ち場は、若いやつに任せてある。なんとでもなるさ。ただ、あんたらとつるんでいるところを見られるとけっこうまずいことになる」

「問題ありません。私たちは、二人だけのほうが都合がいい」

「そうはいかない。俺は、つかず離れず、あんたたちを見張ることにする」

「好きにしてください」

　竜門は歩き出した。大城は終始無言だった。辰巳は歩道に立ち尽くしていたが、振り向くと、もう姿が見えなかった。

　物陰からこちらの様子をうかがうのだろう。見られていると思うと、何かとやりにくい。

　公園内に入ると、すぐに二人組の男に呼び止められた。

「すいません、ちょっといいですか？　どちらに行かれますか？」

　職質だった。彼らは手帳を出して提示した。

　一人はジーパンにポロシャツ、一人は、同じくジーパンにチェックのシャツを着て、裾《すそ》を外に出している。服装だけを見れば、渋谷の街に溶け込んでいるようだが、二人とも髪が短く、手帳を出さなくても警察官であることは一目でわかった。

　竜門はこたえた。

「散歩です」

「この時刻に散歩ですか？」

「一杯やったので、酔い覚ましです」

「何か身分を証明できるものはありますか？」

　こんなところで逆らっても仕方がない。竜門は、運転免許証を出した。一人がそれを確認する。

　大城が言った。

「私は、身分証明書なんて何も持っていないね」

　竜門が言った。

「沖縄からのお客さんなんです。久しぶりに会ったんですよ」

　二人の警察官は、互いの顔を見て、かすかにうなずき合った。竜門に免許証を返すと、言った。

「この公園は、近頃ちょっと物騒です。できれば、他の場所を散歩されるようにお勧《すす》めします」

「ここが近道なんです。いつも、ここを通っているんですよ」

「連続傷害事件のことをご存じありませんか？」

「ああ、ニュースで見ました。でも、あれは不良たちの抗争か何かでしょう？」

「一般の方々も巻き込まれる恐れがあります。充分に注意してください」

「わかりました」

　ようやく解放された。しばらく進むと、また同様に職質をされた。

　手順は、先ほどと同じだが、今度は少々強硬だった。武器を持っていないか、身体検査をさせてくれと言われた。

法律上は、拒否することができるはずだが、警察官はそれを許さない。持ち物検査や身体検査を断ると、「署に来い」ということになる。

検査も同行も任意なのだが、事実上は強制捜査と変わりない。

もちろん、ここで拒否するほど竜門も大城も愚かではない。武器など何も持っていない。竜門と大城から武器を取り上げようとすれば、両腕両足を切りおとすしかない。

「ご協力ありがとうございました。お気を付けて」

その一言で再び解放される。

竜門は、大城に言った。

「これでは、我那覇さんも動きようがありませんね」

「そう思うかね」

「我那覇さんだけじゃなく、半グレたちも動けないでしょう。その証拠に、武器を持った集団の姿もない」

「その段階が終わったんだよ、竜門さん」

「その段階……？」

「大勢で武器を持って戦うのは、戦《いくさ》の前哨戦《ぜんしょうせん》さ。前哨戦が終わって、ようやく馬に乗った格上のお侍さんが出てくるわけさ」

「今までのようなチンピラじゃなくて、もっと危険なやつが出てくるということですか？」

「まあ、そういうことだろうね」

大城が言うのだから、間違いないだろう。これまで、戦いの中で生きてきたのだ。

我那覇は、二重三重の危険にさらされていることになる。警察に追われ、危険な暴力の専門家に追われているのだ。

「我那覇さんは、今日もここに来ていると思いますか？」

「……というか、ずっとここにいるんじゃないかね」

大城は、ちらりと、テントハウスが並ぶ一角に眼をやった。

たしかに大城が言うとおりだ。我那覇は、あのテントハウスのどこかに潜んでいるのかもしれない。

「でも、警察も犯人がホームレスらしいという情報はつかんでいるはずです。当然、あのテントハウスを虱潰《しらみつぶ》しに調べたはずですが……」

「仲間がかばうんでしょう」

「かばう……？」

「私らの若い頃も、同じようなことがいくらでもありましたよ。米兵をやっつけたやつが、軍に追われる。そいつが隠れ住むあたりを、徹底的に家捜《やさが》しされるのさ。でも、近所の人がかくまって、逃がしてしまう」

「なるほど、そういうことかもしれませんね……」

「人は何かを守ろうとするのさ。弱い人は弱い人なりに、みんなで守ろうとする。いや、弱い人だからこそ、守ろうとする」

竜門はうなずいた。

大城の言葉には重みがあった。

警察も、ホームレス相手だと、なかなか捜査しにくいだろう。相手の素性もつかみにくい。

それに、捜査に本腰を入れ始めたのは、昨日あたりからのことのようだ。それまでは、渋谷署だけの事案だった。はっきり言うと、辰巳だけが注目していたのだ。

その辰巳は、どこにいるのだろう。

おそらく、木の陰か茂みのむこうに潜んでいるはずだ。竜門たちが職質を受けるところを見ていただろう。

歩みを進めるにつれて、何組もの二人組の男たちを見た。警察官だ。

公園の、渋谷駅側の端まで来た。そこで竜門は言った。

「今夜は、さすがに何も起きないかもしれませんね」

「引き返してみようかね？」

「同じ警察官にもう一度職質を受けたら、今度は身柄を引っぱられるかもしれません」

「そうなったら、全力で逃げるさ」

「こっちは、免許証を見られているんですけど……」

「じゃあ、職質をかけられないように気をつけましょうね」

大城がそう言ったとき、にわかに公園の一角が明るくなった。

何だ……。

竜門はそちらを見た。どうやら火の手が上がっているようだ。

テントハウスが並んでいるほうだった。

16

複数の足音が、そちらに向かって移動していく。張り込んでいた捜査員たちだろう。

竜門も、そちらに足を向けた。そのとき、大城が言った。

「ここを動かないで、竜門さん……」

竜門は、その指示に従った。言葉の意味はすぐにわかった。

陽動作戦だ。膠着《こうちゃく》状態になったときや、監視が多くて動けないときには、派手な花火を打ち上げて、そちらに敵の関心を引き付ける。

テントハウスに火を付けて騒ぎを起こすというのは、二重の意味で陽動作戦になり得る。第一に、捜査員たちを引き付けることができる。第二に、我那覇をいぶり出すことになる。

再びテントハウスに火を付けられたことを知った我那覇は、怒りに駆られて姿を現すかもしれないのだ。

そこまで計画しているとしたら、火を付けたやつは戦いを熟知している。素人ではないと、竜門は思った。

どこかで戦いが始まる。

竜門は、四方に視線を走らせていた。そこに、辰巳が駆け寄ってきた。

「何が起きたんだ?」

「テントハウスに火を付けることで、がんじがらめの状況を打破しようとしたやつがいます」

「なんてこった……。そいつは、あくまでも傷害犯を自分たちの手でやっつけようという腹だな」

「そういうことですね。しかも、戦いをよく知っていて、知略に長《た》けています」

「手分けしてそいつを探そうか?」

「それはだめだね」

大城が言った。「手分けするということは、孤立する危険を意味するからね」

「先生が言われるとおりです。こうした戦いのときは、固まっていることが重要なのです」

「まるで戦争をしているような言い方だな」

「向こうはその気なのかもしれませんよ。だったら、こちらもそれなりの覚悟でかからないと……」

「おい、俺は警察官だぞ。犯人を検挙するのがつとめだ。誰かと戦争をするつもりなどない」

辰巳と会話をしながらも、竜門は周囲を観察していた。どこか不自然な動きはないか。神経に障《さわ》る兆《きざ》しはないか……。

ふと、視界で何かが動いた。人影のようだと思った。その動きを見て、咄嗟《とっさ》に捜査員のものではないと感じた。

「あっちです」

竜門は、小声で言って移動を始めた。大城はぴたりとついてきた。辰巳は、何か言いたそうにしていたが、結局、黙って竜門に従った。

前方に誰かが倒れているのが見えた。竜門はそこに駆け寄った。

「たまげたな……」

倒れている男を見て、辰巳が言った。「こいつ、本庁の捜査一課のやつだぞ」

竜門は言った。

「刑事は、たいてい二人一組のはずですよね」

大城が言う。

「おそらく、一人を持ち場に残して、もう一人が火事の様子を見に行ったんだろうね。へたに手分けをすると、こういうことになる」

辰巳がうめくように言った。

「おれも、相方を一人にしているんだけどな……」

竜門は、人影が進んだと思われる方向に再び移動を開始した。

そのとき、目の前にふらりと誰かが立ちふさがった。黒い服に黒いゆったりとしたズボン。全身黒ずくめだった。

竜門が追ってきた人影はこの人物に違いない。逆光になっており、顔は見えない。

「あんたら、警察じゃないな。何者だ?」

辰巳がこたえた。

「残念だが、俺は警察官だ。そっちこそ何者だ?」

「警察に、俺たちの獲物を横取りはさせない」

不気味な声だった。低くささやくようなしゃべり方だ。

この一言で、男の正体がわかった。竜門は言った。

「テントハウスに火を付けたのは、おまえだな?」

「誰もがそちらに気を引かれると思った。だが、おまえたちは、そちらには行かずに、俺を追ってきた。興味深いな。何者だ?」

「通りすがりの者だよ」

「やつの仲間かとも思ったが、警察官といっしょというのが解《げ》せない……」

そう言うと、すっと男の腰が沈むのがわかった。

「竜門さん、危ないよ」

大城のささやくような声が聞こえた次の瞬間。

竜門の頭部のすぐ脇を突風が過ぎ去って行った。実際には風ではない。空気を切り裂くような拳だった。

相手は、一気に二メートル以上の間を詰めてきた。すり足をうまく使っている。

咄嗟にかわさなければ、顔面を直撃されていた。

これまでのただの喧嘩好きとは違う。真っ先に顔面を狙ってきた。こいつは本物だと、竜門は思った。

そう思ったときには、すでに反撃していた。左に転身しながら、右の鉤突《かぎづ》きを相手のあばらに叩き込む。

ワンシュウという型にある技だ。竜門のこの技を逃れた者は、これまでほとんどいない。だが、竜門の拳は空を切った。

ほんの数センチ、かわされていた。

脚だ。反射的にそう感じた。竜門は、右足を移動させた。そこに相手の足刀《そくとう》が踏み下ろされる。

よけていなければ、膝《ひざ》を折られていた。

足を移動することで、相手との距離が開いていた。相手は、鉄槌《てっつい》を振ってきた。握った拳の小指側をハンマーのように叩きつけてきたのだ。

相手の腕が伸びきった瞬間に、内側から肘を捉えて投げようとした。タイミング一つで、投げが決まるはずだった。

しかし、相手は腰を低く落とすことで竜門の投げを封じていた。

竜門は、一歩退いて、間を取った。

長い攻防だったと感じていたが、実際には二、三秒間のできごとだったはずだ。

竜門は、構えもせずにただ立っていた。相手も同様だ。

実戦のときに、試合のような構えは役に立たない。自然体で立つのが一番理に適っている。

構えると、逆にそれが自分自身の動きを縛ることになる。隙が生じるのだ。実力のある相手なら、その隙を確実に衝いてくる。

「ふん、そこそこはやるな……」

相手が言った。そのとき、大城が言った。

「ヤーはウチナンチュね」

おまえは、沖縄県人かと尋ねたのだ。相手はこたえなかった。

「おっと、俺の獲物は、おまえたちじゃなかった」

男が立ち去ろうとした。

「待て」

辰巳が一歩前に出た。その瞬間に、相手は後ろも見ずに踵《かかと》を辰巳の腹に見舞った。

見事な後ろ蹴りだった。

辰巳は、ぐえっという声を洩らして、その場にうずくまった。

竜門は、その場に立ち尽くしていた。相手を追わなければならない。そう思ったが、
どうしても足が動かなかった。

今になって、どっと汗が噴き出してきた。激しい緊張が解けたのだ。

恐ろしい攻防だった。

大城が辰巳の様子を見ていた。

「アイ、息が止まっているね。活《かつ》を入れる必要があるね」

竜門は、深呼吸してから言った。

「私がやりましょう」

手足が小刻みに震えている。これも緊張の名残だ。自分ではどうしようもない。仰向けにして活を入れる方法を選んだ。辰巳にまたがり、両手で首をかかえ、両肘をそろえて胸に置く。大きな気合いとともに、首を持ち上げ、両肘で胸を押す。

辰巳は息を吹き返した。呆然としている。何が起きたのかわからない様子だ。男の後ろ蹴りは、それほど見事なタイミングで決まった。

状況に気づいたのか、辰巳は慌てて起き上がろうとした。そして、うめいてまた全身から力が抜けてしまった。

大城が言った。

「衝撃がまだ体の中に残っているから、無理してはいけないよ」

辰巳は、何度もうなずきながら、ゆっくりと立ち上がった。

そこに、四人の男たちが駆けつけた。

「ここで何をしている?」

警察官だ。どこの部署の捜査員かはわからない。だが、テントハウスから火が出たことで、かなり興奮している様子だ。

辰巳は、肩で息をつきながら、警察手帳を出した。それを開いて身分証とバッジを見せる。

　捜査員たちの一人が言った。

「どこのモンだ？」

　辰巳がこたえる。

「渋谷署強行犯係」

　他の捜査員が尋ねた。

「ここで何かあったのか？」

　辰巳が何をこたえるかで、今後の付き合い方を考えなければならない。竜門はそう思った。

　辰巳が言った。

「何でもない。この人たちに、話を聞いていたんだ。火事のほうはどうだ？」

「テントハウスがまるまる一つ焼けた」

　消防車のサイレンが聞こえてきた。これから本格的な消火活動と火事の原因究明が始まる。

　別の捜査員が言った。

「火が出たことで、行政のテントハウス撤去に拍車がかかるだろうな。いい機会になったんじゃないか」

テントハウスを追い出されたホームレスたちはどこに行けばいいのだろう。竜門はそんなことを思っていた。

「それで……」

最初に質問した捜査員が、辰巳に尋ねた。「その人たちは、何か見たり聞いたりしたのか？」

「いや、たまたま通りかかっただけだ」

その捜査員は、その言葉にうなずいた。

「あんた、渋谷署なら火事場の現場検証に行かなきゃならないだろう」

辰巳は力なく言った。

「ああ、そういうことになるな……」

「じゃあ、よろしく頼むよ」

「あんたらは、どこの部署だ？」

「組対《そたい》四課だ」

「これからどうする？」

「撤収だ。これだけの騒ぎになったら、マルBやら半グレやらは、姿を消しているだろう」

辰巳が竜門を見た。竜門は、他の捜査員が気づかないほどかすかにうなずいて見せた。

我々も撤収するという意味だ。

辰巳が言った。

「じゃあ、俺は火事場のほうに行くよ」

その言葉を潮《しお》に、マル暴の捜査員たちは去って行った。

竜門は、大城に言った。

「私たちも引きあげるとしましょうか」

大城は素直にうなずいた。辰巳が言った。

「また聞きたいことがいろいろと出てきた。後で連絡する」

「わかりました」

竜門はそうこたえるしかなかった。


まっすぐに自宅に帰ろうかと思ったが、大城がもう一度『トレイン』に寄りたいと言い出した。

激しい緊張の後の軽い虚脱状態だったので、一杯やるのもいい。竜門は同意した。

『トレイン』は、やはり大音響でジャズが流れていた。他に客はいない。

岡田は、ボリュームを落とすと言った。

「出戻りとは珍しい」

竜門は言った。

「一杯やりたい気分なんだ」

「店としては助かるな」

「いつもこんなにすいていて、よく商売になるものだ」

「まだ、時間帯が早い。このあたりは、深夜から混み出すんだ。大城先生は、青桜でいいですか？」

「はい。上等、上等」

竜門は、ブッシュミルズをオンザロックでもらい、一口飲んだ。

冷たい酒が、下っていき、胃で燃え上がる。その心地よい熱さが全身にゆっくりと広がっていく。

竜門は、ふうっと大きく息をついた。一口で、半分ほどを飲み干していた。それからは、ゆっくりと飲みはじめる。

岡田が、竜門を眺めて言う。

「一戦交えてきたか……」

「どうしてそう思うんだ？」

「そのために宮下公園に行ってたんだろう？　それに、長い付き合いだ。様子を見ればわかる。我那覇さんに会えたのか？」

「いや」

「じゃあ、誰と戦ったんだ？」

「我那覇さんを追っているやつだ」

「半グレか？　それにしては、大仕事をやった後のような顔をしている」

「大仕事だったよ。そいつは、戦い方を心得ていた」

「ほう……」

「大音響でジャズをかけているから、消防車のサイレンに気づかなかっただろうが、宮下公園で火事騒ぎがあった」

「火事騒ぎだって……？」

「公園には、警察官がうようよしていた。それを引き付けるために、テントハウスに火を付けたんだ」

「テントハウスに火を……？　それは警官を引き付けるだけでなく、我那覇さんを挑発する効果もあったはずだ」

「そう。だから言ったんだ。戦い方を心得ていると……」

「そして、強かった……」

「そういうことだ」

「ただの暴走族上がりとは思えないな……」

「大城先生は、沖縄から来たんじゃないかと言われた」

岡田が大城を見た。

「どうしてそう思われたんです？」

「言葉さ。ヤマトグチを使っていたけどね、ウチナンチュにはわかるさ」

竜門は言った。

「沖縄出身のやつだということは納得できる。本来の空手の技を使った」

「それはどんな技なんだ？」

「型をやり込んだ者が使える技だ」

竜門は、戦いの瞬間を思い出していた。

沖縄の空手には、ガマク、ムチミ、チンクチという重要な要素がある。ガマクというのは、胴回りのことで、拳をガマクから出せとよく言われる。また、本土で言う「腰を入れる」という意味で「ガマクを入れる」という言い方をする。

ムチミは、餅身のことで、餅のように粘るような動きのことだ。チンクチは沖縄の言葉で「筋骨」のことで、単に筋骨を鍛えるということではなく、筋肉と骨格を合理的に一致させて運用することを言う。

それは、西洋的なパンチやキックの理論とはまったく違ったものだ。

したたかに、しかも正しく型をやり込むことでしか身につかない。

大城は、言葉だけではなく、男の動きからも沖縄の人間だと感じ取ったに違いない。

「ねえ、岡田さん」

大城が言った。「あなた、裏社会のことについて、いろいろ詳しいようだね？」

「まあ、渋谷でこういう商売を長年やってますと、いろいろ……」

それだけではないだろう、と竜門は思ったが、何も言わずにいることにした。岡田の過去については、竜門もよく知らない。

「何か噂《うわさ》は聞いてないかね？　沖縄からやってきた人物について……」

「竜門さんが戦った相手についてですね？　いや、そんな噂は耳にしたことはありませんね」

「裏社会に伝手《つて》もおありでしょうね？」

「それで、いつも竜門さんに利用されてますよ」

利用とは人聞きが悪い。いつも、情報料は支払っている。

「その伝手を使って、調べてもらえんかね？」

「沖縄から物騒なやつが東京にやってこなかったかどうか、ですね？」

「はい」

「わかるかどうか、何とも言えませんが、とにかく調べてみましょう」

「おい」

竜門は言った。「俺とはずいぶん扱いが違うじゃないか」

「そうかな」

グラスが空になった。おかわりを注文したとき、携帯電話が鳴った。辰巳からだった。

「今どこにいる」

「『トレイン』です」

「話が聞きたい。今から行くから待っててくれ」

電話を切ると、竜門は大城に言った。

「これから、ここに辰巳さんが来るそうです」

岡田がちらりと、竜門のほうを見たが何も言わなかった。

それから、十分ほどして辰巳が店に現れた。竜門の隣に腰を下ろすと、辰巳は岡田に言った。

「しばらくだな」

「ご無沙汰《ぶさた》しております」

辰巳が来た瞬間に、岡田の態度が変わった。客の話には立ち入らないプロのバーテンダーに変身した。

辰巳は、ビールを注文してから言った。

「大城先生、さっきのやつも、沖縄から来たと言いましたね？」

「言葉を聞いてそう思っただけさ」

「あなたは、事件のことを知って、沖縄から東京にやってこられた。そして、また新たに沖縄出身者が現れて、そいつは連続傷害犯を追っているらしい。いったい、これはどういうことなんです？」

竜門は、ダンマリを決めることにした。ここは、大城の判断に任せるしかない。

大城は、岡田に言った。

「青桜をもう一杯、もらいましょうね」

「承知しました」

新たな水割りを一口飲んでから、大城は辰巳に言った。

「わかりました、辰巳さん。お話ししましょうね」

辰巳が大城の話を聞き終わったとき、何を言うか。竜門は、それを気に懸けていた。

17

「犯人は、おそらく我那覇生剛」

大城が言うと、辰巳は聞き返した。

「ガナハセイゴウ？」

「我那覇は沖縄によくある名前です。我《われ》に那覇市の那覇。生剛は生まれるに質実剛健の剛」

「何者です？」

「私の弟子です」

「年齢は？」

「たしか、今年で五十歳です」

「五十歳……」

辰巳は驚いた顔になった。「その年で、若い連中を何人もやっつけているというんですか？」

「生剛は強かったです」

大城が、どこか悲しげに言う。

「沖縄で何をやっていた人なんですか？」

「極道ですよ」

「連続傷害犯が、その我那覇生剛だという根拠は何です？」

大城はかぶりを振った。

「根拠などありません。私はずっと生剛を探していました。それらしい人物の噂なんかを聞くと、確かめずにはいられないのです。ニュースを見たとき、なぜか、生剛じゃないかと思いました。どうしても確かめたくなり、竜門さんを頼って上京しました」

「我那覇さんを探していた？　なぜです？」

「突然姿を消したのでね……。その後のことが気がかりでした。生剛はね、私の空手を継いでくれる数少ない弟子の一人だったのです」

師と弟子の関係について、辰巳にはぴんとこないかもしれないと、竜門は思っていた。今では弟子という言葉が単なる入門生と同意義で使われている。だが、本来は、一生師の教えに従うことを誓った者だけを弟子と呼ぶのだ。

昔の沖縄では、師の家の仏壇に線香を上げ、一生従うことを、先祖に誓ったのだという。

中国武術の世界でも同様だったらしい。本来の武術は殺し技だ。危険な技術を、簡単に人に教えるわけにはいかない。

また、素質のない者に自分の技を託すわけにもいかない。

それ故に、弟子は慎重に選ばなければならなかったのだ。

竜門は、大城の弟子になることを誓った。師弟は親子も同然なのだ。自分以外に、大城の弟子が何人いるのか、竜門は知らない。また、どんな人がいるのかも、まったく知らなかった。

本来の師と弟子は一対一の関係であり、弟子同士が顔を合わせないこともあった。大城は、昔ながらのそういったやり方を守り続けていた。

辰巳が言った。

「我那覇さんは、どうして突然沖縄から姿を消したんです？」

「あいつの世界では、いろいろとしがらみがあるようでね。島にいられなくなることもあります」

「何があったんですか？」

「実を言うとね、私もよく知らないんですよ。とにかく、島にいられなくなった。私が知っているのはそれだけです」

辰巳は納得していない様子だった。

警察官は何でも疑う。おそらく、竜門のことも洗ったことがあるに違いない。

警察官は、誰かと知り合ったとき、そしてこれからその人と付き合いを始めようとするとき、必ず身元を洗ってみるのだ。

万が一、後にその人物が左翼や右翼の政治団体に関わっていたり、思想的に問題があることがわかった場合など、立場上まずいことになるからだ。

「しかし、ニュースを見ただけで、それが我那覇さんだと思うなんて、ちょっと不自然ですね……」

「少しでも可能性があれば、確かめたい。いつも、そう思っています」

「先生は、被害者にも会われたし、現場にも足を運ばれている。その結果、連続傷害犯は、我那覇さんだとお思いなのですね？」

「犯人は、私と同じ技を使いました」

「同じ技を……？　どうしてわかったのです？」

「被害者の若者の脇腹にできた痣を見てわかりました」

「なるほど……。それは、どんな技ですか？」

「蹴りと突きを同時にほぼ同じ場所に決めるのです。たいてい相手は、気を失ってしまいます」

「一撃必殺ですか……」

格闘技の試合経験者ほど、一撃必殺を信じない。パンチを当てても、たいていは相手が反撃してくる。

ボクシングでもKOに至るまでは、けっこう手間がかかるものだ。

辰巳は、柔道や剣道の経験があるので、一撃必殺の技など信じられないのだろう。

しかし、真に威力ある武術の技を使えば、一撃必殺は決して不可能ではない。それにはいくつか条件がある。

正確なポイントを突くこと。

正しく鍛えた威力ある攻撃技であること。

そして、技がカウンターで決まること。

それらの条件を満たせば、非力な女性でも巨漢を倒すことができる。

大城の技は、そうした条件をすべて合わせ持っており、なおかつ研ぎ澄まされている。

大城はこたえた。

「そう。体力がなくなっていく高齢者にこそ、一撃で相手を倒す技術が必要なのです。体力のある若者と、だらだら殴り合っている力は、もう私たちにはありません」

辰巳は、うなずいた。

「我那覇生剛さんについてはわかりました。こちらで調べてみることにします」

警察が調べると言ったら、徹底的に洗うことを意味している。ありとあらゆる記録を調べられるはずだ。

だが、それでもわからないことはあるに違いない。

裏社会で生きてきて、今はホームレスとなると、記録に残っていない部分が多いだろう。

辰巳の質問が続いた。

「ところで、俺は気を失っていたようだが……」

「はい」

「何をされたんです？」

やっぱりわからなかったか。

竜門は、思った。

見事に技を決められると、何をやられたのかわからないうちに倒れているものだ。

大城がこたえた。

「後ろ蹴りです。竜門さんが活《かっ》を入れました」

「俺が気を失う前、大城先生は、あの男がウチナンチュだと言いましたね？　ウチナンチュというのは、沖縄県人ということでしょう？」

「そう。間違いないですね」

「どうしてわかったんです？」

「言葉ですよ。そして、あの男が使った技です。沖縄の空手をかなりやり込んだ者でないと使えない。それは、実際に戦った竜門さんが一番よくわかっていると思います」

辰巳が竜門を見た。

「どうなんだい、先生」

竜門はこたえた。

「たしかに、たいした使い手でしたね」

これはひかえめな言い方だと、竜門は自分で思っていた。相手を持ち上げるような言い方をするのが嫌だった。

「まさか、あの男も大城先生のお弟子さんだってんじゃないだろうな?」

大城がかぶりを振った。

「古流の空手を稽古しているようですが、私の弟子ではありません」

たしかに、少しだけ筋が違ったと、竜門は今になって感じていた。

大城は、徹底してカウンターを狙う。それに対して、あの男は先制攻撃を得意としているようだった。攻撃力に自信があるのだろう。さらに、大城の系統よりも接近戦を得意としているように感じられた。

辰巳が大城に尋《たず》ねた。

「心当たりはありますか?」

大城は、しばらく考えてからこたえた。

「いや、ありません」

「竜門先生が認めるほどの使い手なら、沖縄では名が通っているんじゃないですか？」

「本当の使い手は、有名にはならないものです」

辰巳は、竜門をちらりと見てからうなずいた。

「なるほど、そういうものかもしれませんね」

竜門は辰巳に尋ねた。

「辰巳さんは、人相と風体をはっきり見ているでしょう。当然調べるのでしょうね？」

「調べる」

「でも、わかったことは、私たちには教えてくれないのでしょうね」

「それは、先生たちの態度次第だな」

「どういうことです？」

「先生だって、あいつのことを調べるはずだ。そこにいる岡田を使ってな……」

どうこたえるか、しばらく考えなければならなかった。刑事に刃向かっても損をするだけだ。

辰巳とはギブ・アンド・テイクだと決めた。

「調べてもらうように頼みました。もしかしたら、警察の記録にないようなことがわかるかもしれません」

「ふん、見くびられたものだ」

「蛇《じゃ》の道は蛇《へび》ですよ。双方の情報を照らし合わせれば、より多くのことがわかるはず
「そっちが探ったことを、俺に教えてくれるということか?」

「辰巳さんが調べたことを、私たちに教えてくれるのなら……」

「先生、警察は取り引きはしないんだよ」

「取り引きじゃありません。情報交換です」

辰巳は、しばらく思案顔で黙っていた。ビールを飲み干すと、彼は言った。

「わかった。そういうことにしよう。それで、あいつの正体がわかったところで、先生はどうするつもりだ?」

「わかりません。私たちの目的は、あくまで我那覇さんを見つけることです」

「あの男がそれを邪魔するようなことがあったら?」

「仮定の質問にはこたえられません」

「政治家みたいなことを言うなよ、先生。戦ってみてどう思ったんだ?」

これは意外な質問だと思った。

竜門は正直にこたえることにした。

「恐ろしかったですね」

「恐ろしいだって？　先生もそう思うことがあるんだな」

「辰巳さんは、誤解しているようですね。私にとって世の中は怖いものだらけですよ」

「それほど強かったということか？」

「強かったですね。この店に入ってきたときの様子を、岡田に訊《き》けばわかりますよ」

辰巳は、それを実行した。

「先生の様子はどうだったんだ？」

岡田がこたえた。

「魂が抜けたみたいな顔をしていましたね」

「信じられんな……」

竜門は言った。

「実際にそんな状態でしたよ。ルールがあり、安全がある程度保障されている試合ですら、恐ろしいものです。実際の戦いは、ルールもなければ限度もない」

「そして、相手は強かった……」

「そうです」

辰巳は、ビールをもう一杯頼んだ。それを受け取ると、一口飲んで言った。

「やりたいことをやってくれ、先生」

竜門は、その言葉の意味がわからなかった。

「何を言っているんです？」

「大城先生も、です。やりたいように、やりたいことをやってください」

大城が言った。

「アイ、私は生剛と話をしたいだけさ」

「ならばそうしてください。そして、先生は、それを邪魔するやつを排除すればいい」

竜門は驚いた。

辰巳は、あの男と戦えと言っているのかもしれない。その真意を図りかねた。

ここは用心する必要がある。竜門を焚《た》きつけておいて、おいしいところだけをかすめ取るつもりかもしれない。

「私は、正直に言うと、二度とあの男に関わりたくはないですね」

「そんなはずはない」

辰巳はまた一口ビールを飲んだ。「先生は、すでに先ほどの戦いを検証して、対策を考えはじめているんだろう？」

竜門は、驚いた。

辰巳が見当外れのことを言ったからではない。言われてみて、そのとおりだと気づいたからだ。

今になって、大城の言葉がようやく実感できた。「強い人がいたら、どうしても会ってみたくなる」。大城は、そう言ったのだ。それは、我那覇のことをごまかすための言い訳だった。

だが、その言葉には真実も含まれていた。

大城は本当に、強い男がいたら会わずにはいられないのだろう。

自分はそうではないと思っていた。だが、忘れていただけなのかもしれない。

竜門の中にもそういう欲求はあったはずだ。いつしか、その思いを胸の奥底に押し込めていたのだ。

竜門が黙っていると、大城が辰巳に言った。

「私は、辰巳さんに生剛を捕まえてほしいと思っています」

「もちろん、そのつもりです。しかし、話を聞くと、おとなしく捕まるようなタマじゃなさそうですね」

「そのために話をしたいのです」

「わかりました。とにかく、調べてみることにします」

辰巳が立ち上がった。竜門は尋ねた。

「帰るのですか？」

「署に戻るよ。手がかりが見つかったんだ。すぐに調べてみる」

すでに午後十一時半を過ぎている。だが、刑事に時間は関係ないのだろう。

「私が、あの男と戦うことを望んでいるようなことを言いましたね？」

「俺は望んではいない。だが、先生が望むなら止めない」

「それは警察官の言うことではないですね」

「俺は真面目な警察官じゃないんでな……」

「そんなはずはありません。そういう振りをしているだけでしょう。辰巳さんは、仕事熱心な刑事のはずです。その辰巳さんが、私をけしかけるようなことを言う理由がわかりません」

辰巳は、突っ立ったまま、困ったような顔をしていた。こんな辰巳は珍しい。やがて、彼は言った。

「俺だって、どうしてこんな気分になるのかわからないよ、先生。だがな、こいつは、犯罪とか法律とかの問題じゃないような気がする」

「警察官なのに？」

「まったくだよなあ」

辰巳は勘定を済ませると、出口に向かった。竜門は、しばらくじっと今の会話について考えていた。

「泊手《とまりて》のにおいがしたねえ」

突然、大城が言い、竜門は聞き返した。

「何ですか？」

「あの男の技だ。泊の手の雰囲気があったさ」

「そうでしたか……」

沖縄の空手は、大きく三つの系統に分けられる。首里手《しゅりて》、泊手、そして那覇手《なはて》だ。

このうち、首里手と泊手は兄弟のようなものだ。一説には、二人の「マチムラ」がいたから、首里手と泊手の区別ができたとも言われている。

二人のマチムラというのは、松村宗棍《まつむらそうこん》と松茂良興作《まつもらこうさく》のことだ。ヤマトの言葉では、マツムラとマツモラという発音になるが、沖縄ではどちらもマチムラになる。

松村宗棍は首里手の祖ともいえる空手家で、武士《ブサー》松村と呼ばれた。一方、松茂良興作のほうは、泊村に生まれ、その地で空手修行を行った。

首里手と泊手の違いは、この二人の技術の違いに過ぎないというわけだ。実際に、行われている型も共通する名前のものが多い。

では、泊手の特徴は何かと問われると、竜門は即答できない。蹴りから突きにつなげるとき、足をしっかり下ろしてから突くのが首里手で、着地と突きを同時に出すのが泊手だと聞いたこともあるが、定かではない。

いい機会なので、大城に訊いてみることにした。

「泊手の特徴というのは何ですか？」

「受けと攻撃が同時になることかね……。受けながら突くといったような……。ワンシュウとかパッサイを思い出してみるといい」

たしかに、ワンシュウやパッサイという泊手の型には、そういう動きが出てくる。

「でも、それは首里手でも使われる技術でしょう」

「だから、においと言ったのさ。はっきりと説明できるものではない。でも、間違いなく、ワンシュウやワンカンのにおいがしたね。竜門さんも、きっとそれに気づいていたはずさ」

「私がですか？　いえ、そんなことは感じませんでした」

「竜門さんは、咄嗟《とっさ》にワンシュウの技を使っていた。相手の動きに反応したのさ。相手は、きっとそれに気づいたはずさ」

そんなことは考えてもいなかった。だが、大城が言うとおり、ワンシュウの技を使ったことは事実だった。

ワンシュウは泊手の代表的な型の一つだ。

だが、言われてみると思い当たる節もある。相手の攻撃のタイミングだ。たしかに、受けと同時に、あるいは、かわすと同時に攻撃が来たように思える。

「しかし、今では純粋に泊手を伝えている人はかなり少ないのではないですか？」

「喜屋武朝徳《きゃんちょうとく》の系統では、首里手とともに伝えられている。また、剛柔流《ごうじゅうりゅう》とともに泊手を稽古している団体もある。そう、竜門さんが言うとおり、純粋に伝えているところは少ないよ。でも、伝わっていないわけではない」

「それが手がかりになるでしょうか？」

「どうだろうね。よほどの専門家でないと、筋を見ることはできないだろうからね……」

筋を見るというのは、どの系統の型を、誰から教わったかを見取ることだ。大城が言うとおり、それはとても難しい。

珍しく岡田が誰かに電話をしていた。彼は客の前で電話をするような男ではない。沖縄出身の男について、情報を集めているのだろう。

辰巳がいなくなると、急に疲れを覚えた。大城も疲れている様子だ。

竜門は、もう一杯だけ飲んで引きあげることにした。

18

翌日は日曜日なので、整体院は休みだ。のんびりしようと思うのだが、我那覇や沖縄出身らしい男のことが気になって落ち着かない。

岡田に連絡してみようかと思ったが、やめておくことにした。彼とは暗黙のルールがある。何かが訊きたかったら、『トレイン』に出かけて行く。

そして直接会って話をする。携帯電話やスマホが普及しても、その単純明快なルールは変わらない。

ただ待つしかない。それがひどくいらだたしい。こういうときは、体を動かすに限る。リビングルームに行き、大城がソファに座っているがかまわずナイファンチの型を始めた。

大城は、テレビを見ていた。ちらりと竜門のほうを見たが、取り立てて気にした様子はない。

型の稽古は、大城にとって日常の一部なのだ。食事をしたり、風呂に入ったりするのと同じことだ。

だから、竜門が型をやっていても、特に関心を示さない。何か言ってほしかったら、竜門のほうから頼むしかないのだ。

ナイファンチを二回やってから、ワンシュウをやってみた。昨日、反射的に使った型だ。

やってみてわかった。なるほど、昨日の男の動きは、ワンシュウをやってみるといっそうよく理解できるような気がした。

ワンシュウも二回やってみる。

すると、テレビを見たまま、大城が言った。

「竜門さん、内地の空手になってるね」

「え……?」

「ワンシュウは、そんなに足を広げて立つもんじゃない。それじゃ、実戦では動けない」

「はい」

沖縄の大城のもとを離れてずいぶん経つ。師の教えを守って稽古を続けてきたつもりだが、やはり近代的な空手の影響は免れ得ないのかもしれない。

新しい空手に興味はないと言いながら、やはり接する機会があると、注目してしまう。

自分の空手に参考になることがあるのではないかという欲が出る。すると、知らない間に影響を受けてしまうのだ。

近代的な空手競技では、スタンスを広く取り、しっかりと腰を落とす。それが正しい基本とされている。

若い頃は、竜門もそれが正しいと思っていた。

だが、大城にそのような立ち方で型をやって見せたとき、即座に言われた。

「そんな居着《いつ》いた立ち方で、戦えると思うか？」

若かった竜門は、どっしりとした低い立ち方でも、足腰のバネで速く動ける自信があった。実際に、そういう形で試合でもある程度の成績を残してきた。

「実戦と基本鍛錬は別だと思っています」

そのとき、竜門はそうこたえた。

大城が言った。

「ならば、その立ち方でかかってきなさい」

そのとき、大城は六十歳を過ぎていた。竜門はまだ二十代だ。スピードでも体力でも負けるはずはないと思っていた。

対峙《たいじ》した。

以前の流派で、鍛えに鍛えた順突きと逆突きのワンツーを出すことにした。なるべくモーションをつけずに一気に飛び込む。

左の順突き、続いて右の逆突き……。

だが、逆突きを出すことはできなかった。飛び込んだとたんに、体中に電気が走ったように感じた。

それきり、何もわからなくなった。

大城に活を入れられて意識を取り戻した。後で聞いたのだが、大城はただわずかに転身して、脇腹に突きを入れただけだという。

そのときに、大城が言った。

「居着いた稽古ばかりしているから、そういう固い動きしかできなくなるんだよ」

竜門は質問した。

「居着かない型というのは、どのようなものなのですか？」

「歩くときのことを考えてごらん。居着いていたら歩けないよ。型も組手も同じさ」

歩くことが、首里手の究極だと教わった。もちろん足腰を鍛えるためにある程度の負荷はかける。だが、歩く意識を阻害するような無理な腰の落とし方はしなかった。

それは充分にわかっていたのだが、それでもいつの間にか腰を落とす本土の競技用の型の影響を受けていたのかもしれない。

竜門は、昔の大城の教えを思い出しながら、もう一度ワンシュウをやった。

大城は、相変わらずテレビを見ている。それでも竜門がどんな型をやっているのかわかるはずだ。

竜門が型を終えると、大城が言った。

「あの男の一撃目を覚えている？」

「顔面に右の順突きが来たのだと思います」

大城が竜門のほうを向いた。

「そう。右の突きだ。二人の距離は覚えているかね、竜門さん？」

「二メートル以上はあったと思います」

「そう。一間《けん》以上あった」

「その距離を、一気に詰めて来ました。すり足をうまく使ったのだと思います」

「そのとおりさ。立ち腰の古流空手では、一歩の距離が短くなる。それを補うのがすり足さ。あの男は、それをよく稽古していた」

すり足というのは、単に足の裏を床にすりつけるという意味ではない。うまく足をスライドさせて距離をかせぐことを言う。

すり足を完全に自分のものにしている相手には、間合いはあまり意味をなさなくなる。あの男は、まさにそういう次元に到達しているに違いない。

竜門は、大城に言った。

「あの男は、接近戦が得意だと感じました。そのために、一気に間を詰める技術が必要だったのでしょう」

大城がうなずいた。

「さすが竜門さんだね。そう、接近戦に強い人が本当に強いと言われている。だから、崩しとか、関節技とか、投げ技とか、古流ではいろいろと工夫されている」

「あの男と戦うはめになったら、どうすればいいでしょうか?」

「竜門さんらしくないね。自信を持って戦えばいい」

「いつも自信などありませんでしたが……」

「だから頭を使ったんでしょう? それが竜門さんの戦い方のはずさ」

「先生、たいていの武道の先生は、戦いを戒《いまし》めるものなんですよ」

「やり過ぎれば戒めるさ。でも、戦えない空手なんて、何の意味があるんでしょうね」

「文化的な意味とか、いろいろあるでしょう」

「それは、しーぶんさ。空手は戦うためのものだよ」

しーぶんというのは、おまけという意味だ。

「たしかにそうかもしれません」

「戦う覚悟があるから、戦いを収めることができる。だから、平和を守ることができる。そういうことだよ、竜門さん」

大城は、闘争を勧めているわけではない。「武は平和への道」と言ったのは、松村宗棍だが、それがただのお題目で終わらないためには、平和とは何かを真剣に考えなければならないのだ。

平和のためには、戦いが何であるかをよく知る必要がある。平和を守る戦いが必要なのだ。ジレンマのようだが、間違いではない。

闘争を知らない人々に平和を守ることはできない。なぜなら、平和を妨げようとする暴力に簡単に蹂躙《じゅうりん》されてしまうからだ。

大城は、そういうことを言っているのだ。

竜門は、昨日の男も気になったが、我那覇のことが一番の気がかりだった。

「我那覇さんは、昨日の火事で、いっそう腹を立てているのではないでしょうか」

竜門が言うと、大城がうなずいた。

「それが相手の目的だろうからね。おそらく、我那覇は怒っているだろうね。でも、昨日の様子じゃ、我那覇も、簡単には動けないさ」

たしかに、公園内にあれだけ警察官がいたら、ちょっと身動きが取れないだろう。

竜門たちも足を運ぶのがはばかられる。

公園には行かずに、我那覇に会う方法を何か考えなければならないかもしれない。

だが、そんな方法があるだろうか。

「どうやったら、我那覇さんに会えるでしょうね？」

竜門の言葉に、大城がこたえた。

「こちらのことは、もう生剛に伝わっているんだから、あとは待つしかないさ」

「待っていても会えるとは思えませんが……。今までだって、こちらの様子を見ながら、姿を見せなかったんです」

「潮時を見ているのかもしれないよ」

「何の潮時ですか?」

「自分が警察に捕まる潮時さ」

「覚悟を決めていると……」

「うん。でもね、自分が捕まる前に、やることがあると考えてるはずさ」

「焼死したホームレスのことですね?」

「そう。事故で片づけられたことに、生剛は腹を立てているはずさ。警察が何もしてくれないのなら、自分がやるしかない。生剛はそう考えているのさ」

「ホームレスを死なせたのは、渋谷で遊んでいる不良たちでしょう。それを片っ端からやっつけたので、半グレが出てきました。その段階で、すでにもうホームレスの仇討《かたきう》ちという話ではなくなり、我那覇さんの狩りが始まったのです。そして、ついに沖縄から大物がやってきてその狩りに参加したということでしょう」

「たしかに、ホームレスの仇討ちどころではなくなったかもしれない。でもね、どういう形でもいいから、ケリをつけなきゃならないのさ。そうでないと、生剛はいつまでも戦い続ける」

「どういうケリのつけ方がありますかね……」

「わからないね。でも、そうしないと、生剛は死ぬまで戦い続けるよ。そして、戦い続けていれば、死ぬ日はそう遠くない。戦いというのは続けているとエスカレートするからね」

「では、一刻も早く我那覇さんと会って話をしなければならないですね」

「そういうことだね」

「それでも、待つしかないと……？」

「そう。それしかない」

これもジレンマだが、事実だ。

何かの知らせを待つしかない。

竜門は、もう一度ワンシュウをやることにした。

『トレイン』の岡田から電話があったのは、日が暮れかかった頃だった。

「店に来られるか？」

「何かわかったのか？」

「まあ、いろいろと……」

「日曜も店をやっているとは知らなかった」

「必要があれば、いつでも開けるさ」

「これからすぐに向かう」

「わかった」

大城といっしょに、渋谷の『トレイン』に向かった。店に着いたのは午後六時頃だった。

ドアを開けるといつもの大音響。音量を落とせというういつもの合図。そうしたお馴《な》染《じ》みのセレモニーの後、酒を注文した。

大城は青桜の水割り、竜門はブッシュミルズのオンザロックだ。

「それで……？」

竜門が尋ねると、岡田がこたえた。

「我那覇さんを探していたのは、大城先生だけじゃなかったようだな」

「沖縄のヤクザか？」

「ああ。我那覇さんは、敵対組織からずいぶんと恐れられていたようだ。出る杭は打たれるで、我那覇さんに賞金がかけられたんだそうだ。敵対組織やその息のかかった連中がみんな我那覇さんの首を狙っていたそうだ。それで、島にいられなくなったんだな」

「なるほど……」

「今でも賞金と名誉を手に入れたくて、我那覇さんを探し求めているやつらがいるということだ」

「名誉？」

「我那覇さんの首を取ったということになれば、沖縄の裏社会ではおおいに名が上がる」

「昨日の男も、そうした賞金稼ぎの一人だというのか？」

「金より名誉の口だろうな。そいつも、腕っぷしだけで名を売ったやつだということだ」

「名前は？」

「テッド稲嶺《いなみね》」

「ハーフか？」

「米兵と夜の女の間に生まれたやつらしい。そのほかのことはほとんどわからない」

「あれだけの腕前だ。どこかの空手道場に通っていたはずだ」

岡田はかぶりを振った。

「だから、詳しい経歴は何もわからないんだよ。名前がわかっただけでもめっけもんなんだ」

大城が言った。

「空手が強いからといって、道場に通っていたとは限らないよ」

そうかもしれない。大城は道場など持っていなかった。弟子とはマンツーマンだった。

案外、今でもそうした昔ながらの伝統を守っている空手家がいるのかもしれない。そして、そういう人々のほうが間違いなく本物の空手を伝えているはずだ。大城がそうであるように……。

竜門は岡田に質問を続けた。

「我那覇さんに賞金をかけた組というのは、大組織なんだろうな？」

「沖縄のヤクザについては、多少は知っているんだろうな」

「おおまかなことは……。もともと、米軍の物資を売って稼いだ戦果アギヤーから発展した『コザ派』と、空手経験者など武闘派の集団『那覇派』が抗争を繰り返していたが、本土からの勢力に対抗するために、大同団結して大組織ができた」

「そう。そして、その組織から離脱する形でもう一つの勢力ができて、現在沖縄には二つの指定暴力団がある。我那覇さんは、老舗《しにせ》のほうの組に所属していた」

「対抗するもう一つの組は、現在では、構成員の数も我那覇さんのいた組を上回っている。沖縄の組は本土の組のようなヒエラルキーを持たなかったので、上からの押さえつけとか、調停がきかない」

大城が珍しく悔《くや》しげに言った。

「空手家は、警官になるかヤクザになるしかないとか、空手は不良のやるもの、とか言われるようになったのは、戦後のことさ。艦砲射撃で土地をずたずたにされ、基地に土地を奪われ、仕事も家もない人が島中にあふれていた。アメリカ兵の犯罪や暴力に、住民は為《な》す術《すべ》もなかった。そこで立ち上がったのが、戦果アギヤーや空手道場に通う若者だったのさ」

貧困と弾圧が暴力を生む土壌になる。

それは沖縄に限ったことではない。日本の戦後も似たようなものだ。だが、沖縄はそういう構図が凝縮されていたと言える。

沖縄の人々の胸の奥底にある本土への懐疑心と反感は、そうした歴史に裏打ちされており、簡単にはぬぐい去ることはできない。

竜門は、沖縄に滞在しているときに、嫌というほどそれを思い知らされた。

沖縄の人々は強い郷土愛を持っている。今時、カラオケで土地の民謡で盛り上がる若者の姿は、おそらく沖縄でしか見ることができない。

本土に出て来た若者たちも、沖縄県人だけの酒盛りを大切にする。沖縄独特の文化や生活様式、そして風土に誇りを持ち、郷愁《きょうしゅう》を共有するのだろう。

その姿に、竜門はかたくなな内地人排除の姿勢を感じたものだが、それは逆だった。

かつて、本土の人々が沖縄を疎外していたのだ。

戦後復興、高度経済成長、そしてバブル経済。

本土が順調に経済復興する中で、沖縄をどれくらい顧《かえり》みていただろう。都市集中型の国造りで、地方はどこも苦しいのだという声もある。

だが、沖縄の人々に言わせれば、それどころではない。沖縄が復帰したのは、戦後二十七年も経ってからなのだ。

それまでは、アメリカ軍のやりたい放題から誰も沖縄島民を守らなかった。政府や警察も無力だった。

民衆の中から誰かが立ち上がらねばならなかったのだ。

竜門は、そんなことを思いながら、グラスの中の酒を飲み干し、さらにもう一杯注文した。

高い酒になりそうだと思った。

「アイ、竜門さん。済まないね。年寄の愚痴だよ」

大城が笑顔になって言った。「私も、若い頃は、けっこう楽しくやったもんさ。湿っぽい顔をしないでほしいね」

竜門は岡田に言った。

「不良や半グレたちの動きはどうなんだ?」

「あれだけ警察が警戒していたら、動きようがない。それに、すでにやつらの役割は終わったというのが実情だ。本職が出て来たら、やつらの出番は、もうない」

「なるほど……」

竜門は言った。「我那覇さんも、虎の尾を踏んでしまったということか……」

それを聞いて大城がぽつりと言った。

「虎の尾を踏んだのは、どっちかね……」

そのとき、ドアの開く音がした。珍しく他に客が来たようだ。

出入り口のほうを見た岡田の表情が変わった。その岡田を見て、竜門は出入り口のほうを見た。

汚れたオリーブドラブの上着にカーゴパンツをはいた男が立っていた。編み上げのアーミーブーツを履《は》いている。

髪が伸び放題で、鬚《ひげ》も濃い。

どこから見てもホームレスだった。竜門は、その正体にすぐに気づいた。

大城がつぶやくように言った。

「生剛……」

19

我那覇生剛《がなはせいごう》は、出入り口近くで立ったまま、カウンターのほうを見つめていた。

身長は百七十センチ以下だろう。沖縄出身者は、背の低い人が多い。だが、その体格は圧倒的だった。

胸板が厚くて、肩が盛り上がっている。大城によると、年齢は五十歳ほどだということだが、そうは見えない。体中から精気がみなぎっている。

ウエイトトレーニングなどで作った体とは違う。それは、服の上からでもはっきりとわかった。

髪に白いものが混じっているが、目立つほどではない。年齢を考えると、信じられないくらいに若く見える。

大城もそうだが、沖縄古流の空手を稽古する人は、皆若く見える。本来の空手が健康法でもあるという証《あか》しだろうか。

竜門は、首筋の毛が逆立つような感覚を味わっていた。巨大な肉食獣が目の前にいるような感じだ。

よほどの鍛錬《たんれん》を積み、しかも幾多の実戦を経験してきたのだろう。本物の武士《ブサー》だけが身につけることができる迫力だった。

我那覇生剛は、ゆっくりと頭を下げた。

「先生。ご無沙汰しております」

嗄《しゃが》れた声だ。

間違いなく、竜門が金属バットを持った不良と対峙したとき、木の陰から「バットは下から来る」と言った声と同じだった。

大城が言った。

「そんなところに突っ立ってないで、こっちに来たらどうね？」

「いえ、すぐにおいとましますので……」

「私に会いに来てくれたのか？」

「先生たちの様子はずっと物陰から拝見しておりました」

「そうだろうね。気配がしていたよ」

竜門もそれは感じていた。誰かに見られている。公園にいるときは、ずっとそんな気がしていたのだ。

大城が我那覇に尋ねた。

「私たちがここにいることをどうして知った？　尾行してきたの？」

「その必要はありません。仲間がいろいろなことを知らせてくれます」

仲間というのは、ホームレスたちのことだろう。彼らは独自のネットワークを持っているに違いない。我那覇のための監視と通信のシステムだ。

それは、彼らが不良や半グレたちと戦う態勢に入っているということを意味しているのだろう。

我那覇は孤軍奮闘しているわけではない。ホームレスの仲間たちが、眼となり、耳となって、彼を助けているのだ。

「私はね、ずっと生剛を探していたんだよ」

我那覇は、再び深々と頭を下げた。

「申し訳ありません」

白髪が混じった長い髪を後ろで束ねている。日焼けしているのか、顔は浅黒い。だが、両眼は炯々《けいけい》と光っている。

「生剛。今まで、私たちの姿を陰から見ていながら姿を現さなかったのに、急に私たちの目の前に現れたのは、どういう訳さ？」

「私の個人的な問題に、これ以上先生が巻き込まれてはいけないと思いまして……」

「個人的な問題？　アキサミヨー。戦争を起こすのが個人的な問題ね？」

「戦争を起こすつもりはありません。けじめをつけたいだけです」

「沖縄からテッド稲嶺という、強いやつが来ているよ。生剛の首に賞金がかかっているらしいね」

「誰が来ようと気にはしません。けじめがついたら、自分は警察に捕まってもいい」

「だからよ。どうやったらけじめがつくというのさ。殺されたホームレスの仇《かたき》を討ちたいわけ？」

「あれは、殺人でした。年老いた仲間が怪我《けが》をして動けずにいた。そのテントに火を付けたんです。理由もなく、面白半分に、です。警察がちゃんと調べないのなら、自分らで調べて、罰を下すしかない」

「辰巳さんなら、必ず調べ直してくれるさ」

「辰巳……？」

「渋谷署の刑事さんさ。いい人さ。私に好きなようにやれ、と言ってくれた」

「好きなように……。先生、それはどういうことですか？　先生は何をなさるおつもりですか？」

「生剛、もう充分でしょう。面白半分にホームレスを殺すような街の不良たちをずいぶんやっつけた。それとも、真犯人を見つけて、殺すまで続ける気ね？」

「始めた当初は、そのつもりでした」

「それで気が済むのかい」

我那覇はかぶりを振った。

「わかりません。しかし、やるしかないんです。自分もおさまらないし、仲間たちもおさまりません」

「でもね、もう仇討ちとかいう問題じゃなくなってきているよ。テッド稲嶺が本気で生剛を狙っている。これは、生剛がいた組と、テッド稲嶺の組の代理戦争のようなものだよ」

「だったら、なおさら引くに引けません」

大城はしばらく黙って考えていた。

竜門はまったく口を挟めずにいた。発言できるような立場ではない。先生と兄弟子の会話なのだ。

やがて、我那覇が言った。

「自分はそろそろ失礼します。長居をすると、先生に迷惑をおかけすることになるかもしれません」

踵《きびす》を返して出入り口に向かおうとする。

大城が言った。

「待ちなさい」

我那覇は足を止め、振り向いた。無言で大城の言葉を待つ。

「けじめをつけるというのは悪いことではない。でも、それは警察の仕事だよ」

「先生、自分たちは警察をあてにはしません」

この場合の「自分たち」は何を意味しているのだろうと、竜門は考えていた。ヤクザという意味かもしれない。あるいは、ホームレスという意味かもしれない。いずれにしろ、社会の仕組みからはみ出してしまった人々だ。

大城は静かにうなずいた。

「ならば、やりたいようにやればいい。だが、警察もばかじゃない。必ず生剛を捕まえるよ」

「覚悟しています。もう少しだけ時間がほしい。それだけのことです」

「警察以外にも邪魔者がいるね」

「沖縄から来たやつですね」

「そっちは私が引き受けようね」

それまでまったく無表情だった我那覇の顔に、初めて感情が浮かんだ。眉《まゆ》をひそめて言う。

「自分は先生を巻き込みたくはありません」

「先生と弟子は親子も同然さ。子の面倒事は親の面倒事じゃないか」

「先生に万が一のことがあったら、自分は生きていられません」

「大げさなことを言ってはだめだよ。それにね、こっちには竜門さんがいるからね」

我那覇は、初めて竜門のほうを見た。眼が合った。竜門は思わず眼を伏せそうになった。

それくらいに我那覇には威圧感がある。我那覇が言った。

「なるほど、数少ない先生の弟子の一人というわけですね」

「そう。竜門さんも強いよ」

「自分の弟弟子《おとうとでし》ということになりますね」

「つまり、本当の弟と変わりないということだよ」

我那覇が竜門に言った。

「何があっても先生を守ってくれ」

竜門はこたえた。

「もちろんです」

我那覇は、かすかにうなずいた。それから、大城に、また深々と礼をして出入り口に向かった。

今度は大城は呼び止めず、我那覇はドアを開けて出て行った。

大城は大きく溜め息をついてから、泡盛の入ったグラスを傾けた。

竜門は大城に言った。

「……つまり、私がテッド稲嶺と、また戦うということですね？」

大城が竜門のほうを見て、にっと笑った。

「本当はね、私が戦いたいのさ。でもね、ここは弟子の竜門さんに譲ってあげてもいいよ」

竜門はかぶりを振った。

「先生がやれとおっしゃるなら、やるしかありません」

大城がくすくすと笑った。

「わかっているよ、竜門さん。本当は戦いたくてうずうずしていたんでしょう？」

どうなのだろう。

竜門は、自分でもわからなかった。テッド稲嶺の強さは身をもって体験した。幸いにして怪我もせずに済んだ。だが、次に戦うときはどうなるかわからない。

それを思うと恐ろしかった。だが、その恐怖感が自分を奮い立たせていることも事実だと、竜門は感じていた。

怖いもの見たさとでも言うのだろうか。絶叫マシンやお化け屋敷に行きたがる人々と似ているかもしれない。

強い相手には興味を引かれる。そして、戦ってみたくなるのだ。おそらく、大城が言うとおり、自分は戦いたがっているのだろうと、竜門は思った。

「問題は、どこでテッド稲嶺を捕まえればいいか、ですね。宮下公園は、警察の監視がきつくて近づきにくくなりました」

　竜門が言うと、大城がこたえた。

「近づきにくくても、あそこに行くしかないね。テッド稲嶺もあまり土地鑑《とちかん》はないはずさ。あの公園で網を張るだろう」

「我那覇さんは、拠点《きょてん》を移動しないとお考えなのですね？」

「亡くなったホームレスのために戦っているのだから、あの公園から移動したら意味がない」

「それはそうですね……」

「それに、生剛は、追っ手が来たからといって、逃げ出すような男じゃない」

「私もそう思いますが、辰巳さんをはじめとする警察も我那覇さんを追っているんですよ」

「辰巳さんは、待ってくれるはずさ」

　竜門は、そこまで刑事を信じていいものだろうかと、疑問に思っていた。

「何度も公園に顔を出すと、私たちも怪しいと思われ、身柄を拘束される恐れがあります」

「辰巳さんがいっしょなら、だいじょうぶさ」

　竜門はしばらく考えた。

それくらい辰巳を利用してもいいかもしれない。いつも、竜門のほうが利用されているのだ。

大城や竜門に、好きにしろと言ったのは、辰巳の計算だ。おとなしくしていろと言っても言うことを聞くはずがない。それならば自由に動かして我那覇と接触するのを待てばいい。辰巳は、そう考えたに違いない。

竜門はそう思う。だが、大城は辰巳を信じている。我那覇が仇討ちを果たすのを、辰巳は妨げないはずだと、大城は考えているのだろう。

辰巳との付き合いは長い。そして、彼のことを気に入っている。だからこそ、長いこと付き合ってきたのだ。しかし、所詮《しょせん》は刑事だ。刑事が他人を信用しないのと同様に、竜門は辰巳を完全に信じてはいなかった。

刑事を信じたら、手ひどく裏切られるのがオチだ。竜門は、そう考えていた。ヤクザが金のためなら何でもするように、刑事たちは犯人を検挙するためなら、何でも利用する。

竜門は、さらに大城に言った。

「今日、我那覇さんに会ったことは、辰巳さんには内緒にしておくべきですね」

大城が驚いた顔で言った。

「どうしてさ？　隠し事はよくないよ」

「そこにいる岡田にも訊《き》いてみたらいいです。刑事を信用したら、ばかを見ます」

大城は本当に岡田に尋ねた。

「岡田さんも、そう思う?」

岡田は、ちらりと竜門のほうを見てからこたえた。

「そうですね。自分も刑事は信じないことにしています」

大城が竜門に言った。

「辰巳さんは敵じゃない。宮下公園で他の刑事に捕まったりしないように、私たちを守ってくれるはずさ」

たしかに、竜門と大城が任意同行を求められたり逮捕されたりするようなことがないように守ってくれるかもしれない。

だが、それは我那覇逮捕という目的があるからだ。

大城や竜門に、やりたいことをやれと言っておきながら、我那覇が現れたとたんに、態度を豹変《ひょうへん》させることもあり得るのだ。

竜門が黙って考えていると、大城がさらに言った。

「それに、私たちが生剛に会ったことを、後になって知ったら、辰巳さんは腹を立てると思うさ」

「勝手に怒らせておけばいいんです」

「そうもいかないよ、竜門さん。敵と味方を見誤ってはいけない。敵を味方だと信じるのは危険だけれども、味方を敵だと疑うのも同じくらい危険だ。疑心《ぎしん》、暗鬼《あんき》を生《しょう》ず、というでしょう」

大城の言うとおりかもしれない。今のところ、辰巳は敵ではない。彼は精一杯、竜門たちのために便宜をはかってくれているのかもしれない。

だが、それはいずれ警察の組織や仕組みと軋轢《あつれき》を生じるだろう。

そうなれば、辰巳だって抵抗しきれないに違いない。辰巳の意思とは関係なく、竜門たちの敵に回るしかなくなるのだ。

竜門は言った。

「わかりました。辰巳さんに連絡しておきましょう」

日曜日の午後七時過ぎ。普通の勤め人は明日の出勤にそなえてくつろいでいる時間だろう。だが、刑事は普通の勤め人ではない。少なくとも、竜門はそう考えている。

携帯電話にかけると、呼び出し音五回で出た。

「どうした、先生？」

「我那覇と会いました」

「どこでだ？」

「今、『トレイン』にいます。大城先生もいっしょです。そこに我那覇が現れました」

「先生たちを尾行していたのか?」

「仲間のネットワークがあり、私たちの居場所がわかったらしいですね」

「それで我那覇は何を言っていた?」

「けじめをつけたいのだ、と……」

「けじめ……?」

「事故死として片づけられたホームレスは、動けないくらいに痛めつけられ、その上テントハウスに火を付けられたようです。警察がちゃんと調べないのなら、自分で調べて罰を下すしかない。我那覇はそう言っていました」

「俺も働きかけてはいるんだがな……」

辰巳は、苦々しさが滲《にじ》む声で言った。「一度片づいた事案をほじくり返すのは、なかなか難しいんだ。法律的にはもう結論が出ていることだからな」

「でも、その結論が間違っていたのでしょう?」

「誰も法的な措置《そち》をとっていない。だから、間違いだというのが、有効な意見となり得ない。事故死だという結論をひっくり返して、再捜査をするためには司法手続きが必要で、そのためには、決定的な物証が必要だ」

「だから、我那覇さんは、警察などあてにできないと考えたのでしょうね」

辰巳はうめいた。

「それで、今、我那覇はどこにいる？」

「わかりません。店を出て行きました」

「後を追わなかったのか？」

「その必要を感じませんでした。私たちは警察じゃない」

「市民の義務として協力してくれてもいいだろう」

「殺人を事故死で片づけておきながら、その真実に迫ろうとしている人間を追い回している警察に協力しろと……？」

竜門は、辰巳と話をしながら腹が立ってきた。状況が状況だけに、事故死と判断されたのは仕方がない。だが、それが間違いだとわかったら、捜査し直すべきだ。だが、それには司法手続きが必要だ、などと言っている。警察にやる気がないことは明らかだ。

ホームレスが死んだことくらい、何とも思っていないに違いない。それよりも、連続傷害犯を逮捕したほうがポイントになるということなのだろう。

「だから、俺だってなんとか再捜査に向けて働きかけているんだよ」

「わかっています」

竜門は落ち着こうとした。辰巳に喧嘩を売ったところで始まらない。「だから、こうして我那覇と会ったことをお知らせしたんです。私は反対したんですが、大城先生が知らせたほうがいいと言われたので……」

「それで、先生たちはこれからどうするつもりだ？」

「わかりません」

竜門は嘘《うそ》をついた。我那覇が目的を果たすことができるように、邪魔になるテッド稲嶺を排除することを約束した。そのことは、伏せておこうと思った。

「大城先生の目的は、我那覇と話をすることだったな？　その目的は果たしたわけだな？」

「そういうことになりますね」

「じゃあ、大城先生は東京を離れるということだな？」

「さあ、それは大城先生次第ですね」

「確認させてくれ。我那覇生剛は、今そこにはいないんだな？」

「いません」

「店を出て、どこに向かったのかわからないんだな？」

「わかりません」

これも嘘だ。おそらく、我那覇は仲間たちが住んでいる宮下公園に戻るはずだ。

「わかった。知らせてくれたことを感謝するよ、先生」

「それで、署には知らせるんですか？」

「知らせないよ」

辰巳は軽い調子で言った。「我那覇のことすら、まだ報告していないんだ」

だから、まだ我那覇に警察の手が及んでいないのだ。名前や素性がわかれば、警察はたちまち身柄を押さえてしまう。

なぜ報告していないのか。その理由を聞こうとした。その前に、辰巳の声がした。

「じゃあな、先生」

電話が切れた。

20

鮨《すし》が食べたいと、大城が言うので、道玄坂と井の頭線の間の裏通りにある鮨屋に行った。回転寿司ではなく、かといって高級な鮨屋でもない。だが、そこそこ満足ができる品揃《しなぞろ》えなので、竜門がたまに顔を出す店だった。

自宅に帰ったのは、午後九時頃だった。大城の寝酒にと思って、泡盛の水割りを作ろうとすると、大城が言った。

「アイ、竜門さん。お酒はもうたくさんさ」

大城は疲れた様子だった。元気だと言っても、もう八十過ぎだ。疲れるのも当然かもしれない。

だが、酒をいらないという大城のことが、竜門は気になった。そういえば、ずいぶんと酒量が減っているし、寝ている時間も長くなったように思える。

「もうお休みになりますか？」

「そうさせてもらおうね」

大城は、夜の九時に就寝するような男ではなかった。これも老いなのだろうか。それとも……。

「先生、まさか、どこかお悪いのですか？」

大城は何も言わない。つまり、否定しなかったということだ。

「ご病気なのですか？」

「年を取るとね、体にもがたがくるのさ」

「我那覇さんに会いたいとおっしゃっていたのは、もしかして、そのご病気のせいもあるのではないですか？」

「竜門さんにはかなわないね……。生剛だけじゃなくて、竜門さんにも会っておきたくてね。いや、本当言うとね、生剛を見つけられなくても、竜門さんに会えればいいと思っていたわけさ」

まさか、余命いくばくもないというのではないだろうな……。

竜門は恐ろしくて尋ねることができなかった。

何を言うべきか迷っていると、大城が言った。

「沖縄に帰ったら、入院することになるかもしれない。だから、やるべきことはやっておきたいのさ」

入院したらそのまま病院を出られないような言い方だ。

「どこがお悪いのですか？」

「胃だよ」

癌《がん》かと尋ねたかった。だが、訊くことはできなかった。もしかしたら、本人は知らされていないかもしれない。

竜門は、「そうですか」と言うにとどめた。

いつものように、大城はソファの寝床にもぐりこんだ。竜門は寝室に行った。

まだ寝るには早い。

こういうときは、リビングルームで型の稽古をやるのだが、さすがに大城が寝ている部屋ではできない。

寝室に籠《こ》もり、いろいろなことを考えていた。大城が突然、東京にやってきたのは、傷害事件のニュースを見て我那覇の仕業ではないかと思ったからだと言っていた。

だが、もしかしたら、死期が迫っているので、何かの口実で竜門に会いたかったのではないか。そんな気がした。

　これまで、沖縄に大城を訪ねなかったことが悔やまれた。師といえば親も同然だ。その親を長年放ったらかしにしてきたのだ。

　テッド稲嶺と戦うはめになったのは、そのバチが当たったということなのかもしれないと、竜門は思った。

　泊手《とまりて》の流れを汲《く》むテッド稲嶺の動き。それは、はっきりと竜門の脳裏に刻まれていた。一度手合わせをしたら、その特徴は忘れない。

　だからこそ、昔の武術家は、一生のうちに同じ相手と二度勝負することは滅多になかった。

　テッド稲嶺の、余裕に満ちた態度を思い出していた。腕に自信があるのだ。そして、それは決してはったりではなかった。

　テッド稲嶺は、よく鍛錬していた。そして技術だけでなく、それを最大限に活かす精神的な力も持っていた。

　どんなに技術を稽古しても、敵の前で怯《おび》えていたり、気後れしていては、充分に技の威力を発揮することはできない。

　武術において、胆力が重要と言われるのは、そういうことだ。腹が据《す》わっており、相手を恐れなければ、自分の技術を百パーセント活かすことができる。

高級な技を知っている弱虫よりも、基本技しか知らない剛胆《ごうたん》な者のほうが間違いなく実戦では役に立つ。

竜門は、テッド稲嶺を恐れていた。だが、それは問題ではないと思っていた。恐怖はコントロールできる。

そして、恐れてはいるが、萎縮《いしゅく》はしていないという自覚があった。萎縮さえしていなければ、体は自然に動く。

戦うために、特別な稽古をする必要は感じなかった。勝つために練習をしたり対策を立てたりするのはスポーツの世界だ。

それが悪いというわけではない。西洋の身体理論が中心になっているスポーツでは、競技に特化した身体を作るために練習をする。

スポーツの動きというのは、不自然な動きだ。それに肉体を合わせるのだから、必然的に無理が来る。無理を承知で体を鍛える。それがスポーツの練習だ。

そして、スポーツは試合に勝つことが重要だ。スポーツはゲームだから勝つことが目的なのだ。

勝つために対策を練り、勝つために特別なトレーニングをする。

だが、武道は違う。ひたすら自然な動きだけを心がける。武道の稽古とは何かというと、一言で言えば無駄をなくすことなのだ。

徹底的に無駄な動きをそぎ落としていく。そこに達人の境地がある。

無駄な動きをなくしていくと、独特の速さが生まれる。筋力によるスピードではない。一見ゆっくり動いているようでも、敵よりも早く自分の技が相手に届く。

そして、それは相手にとっては見えない動きになっている。

それは剣の世界でもそうだし、空手の世界でもそうだ。本来の空手は、どつき合いではない。

無駄な動きを限界までそぎ落としたときに、回転することもなく、腰を捻《ひね》ることもなく、軸がぶれることもない体捌《たいさば》きが可能になる。

そうした動きで拳を打ち込めば、それが当て破《アテイファー》となる。威力が浸透する突きだ。

そして、昔沖縄の空手の先達《せんだつ》は「肉で動くのではなく、筋で動け」と言った。つまり、筋力よりも靱帯《じんたい》をうまく使って動けということだ。

筋力は年を取れば衰えるが、靱帯が衰えることはない。そして、この筋と骨を合理的に使った動きのことを、「筋骨《チンクチ》がかかった動き」と呼んでいた。

そういう動作を徹底的に稽古しておけば、特別な稽古などは必要なくなる。武道の本質というのはそういうものだと、竜門は思っていた。

相手が動く。こちらも動く。ただそれだけのことだ。そして、より無駄をそぎ落としたシンプルな動作をしたほうが勝つ。そのためには、タイミングを見誤らない眼力と胆力が必要だ。

それは一朝一夕に身につくものではない。長年の修行がものをいうのだ。だからこそ、今日明日で何か特別なことをやろうとしても、それは無駄なことなのだ。

竜門は、何度かテッド稲嶺との戦いを思い出していた。今では、相手の動きがはっきりとわかる。自分が何をしたかもわかっている。

またやつと戦うことになる。

それは、明日なのかもしれない。竜門はそう感じていた。


月曜日の午後、真理が施術室に顔を出した。

「予約外の患者さん、いいですか？」

竜門は誰のことか想像がついた。

「いいよ」

真理がにっこりと笑って、待合室のほうに声をかける。

「辰巳さん、どうぞ」

やはり思ったとおりだった。

辰巳は部屋に入るとドアを閉めて言った。

「今夜も、公園に出かけるのかい、先生」

「それは、大城先生次第ですね」

それは本音だった。体調があまりよくない様子だ。

辰巳は言った。

「大城先生は、出かけたがるだろうな」

「ならば、私も行かなければなりません」

「俺が必要だろう。まだ公園には刑事たちがうようよしているはずだ」

「そうですね。辰巳さんがいてくだされば、心強いですね」

「わかった。昨日と同じで、二十一時半頃に、公園の前でいいか？」

「いいと思います。もし、何か変更があれば連絡します」

「了解した」

辰巳が部屋を出て行こうとした。

「施術はいいんですか？」

「おっと、忘れるところだった」

辰巳が施術台に横たわった。

夜の公園は、今までになく多くの気配に満ちているように感じられた。

午後に、大城に出かけられるかどうか尋ねたら、もちろん出かけるというこたえが返ってきた。

午後九時半に、宮下公園の前の歩道で辰巳と会い、公園内へと進んだ。

気配の正体は、刑事たちだ。彼らは二人組で木陰や物陰に潜《ひそ》んで、歩道を行き交う人々を警戒していた。

職質にあっている若者の姿も見える。

今夜も、捜査一課、組対四課、そして少年事件課が入り乱れて、それほど広くない公園で張り込みを続けている。

そして、もしかしたら、我那覇が大城たちに気づいて監視しているかもしれないと、竜門は思った。

我那覇一人ならば、大城や竜門の動向を探ることなど不可能だ。だが、彼には仲間がいて、かなり緊密で広範囲なネットワークを形成しているらしい。

彼らが、大城の動きを我那覇に知らせていることは、充分に考えられる。

もし、まだ気づいていないにしても、いずれ大城が公園に来ていることは、我那覇の耳に入るだろう。

我那覇は、捜査員たちの眼を逃れながら、大城の監視をするのだ。我那覇ほど戦いに慣れていれば、それも可能だろうと、竜門は思った。

刑事たちは、当然、「ホームレスにやられた」という被害者の証言を知っているに違いない。だとしたら、ホームレスに充分に警戒しているだろうから、我那覇は動きにくいはずだ。

それでも、歩き回っているうちに、必ず我那覇が大城や自分を見つけて、監視を始めることは間違いないと、竜門は思っていた。

竜門たち三人組は、何度か職質を受けそうになった。そのたびに辰巳が警察手帳を出した。

たいていは効果てきめんだったが、中には「所轄がうろちょろするな」などと言う捜査員もいた。

竜門は、大城の体調が心配だった。昨日よりも元気がないように思えるのは、気のせいだろうか……。

捜査員たちがたくさんいるので、無闇《むやみ》に歩き回るのはやめた。竜門たち三人も、物陰や木陰から公園内の様子を見て、しばらくして移動する、ということを繰り返した。

そのほうが、大城にとっても楽なはずだった。

はるか遠くのほうで、一人で歩いていた男に刑事が近づいて行った。職質をかけるのだろう。

その男を見て、竜門は首筋の髪の毛が逆立つような感覚を覚えた。

「テッド稲嶺です」

竜門の声に、大城がうなずいた。

「ああ、そうだね」

辰巳が二人の視線を追って、その先を透かし見た。

「職質をかけているな……。ありゃ、おそらく捜査一課だ」

辰巳がそう言ったとき、テッド稲嶺の体がゆらりと前方に傾いた。

それだけに見えた。稲嶺の正面にいた刑事がすとんとその場に崩れ落ちた。

次に稲嶺が右に体を揺らす。すると、右側にいたもう一人の刑事が、一人目と同じようにくたりと崩れ落ちた。

テッド稲嶺は、何事もなかったかのように歩き出した。

「竜門さん、見えたかね？」

「どちらも右の突きでしたね。三枚の急所に打ち込んでいました」

「あの二人の刑事、活《かつ》を入れないとまずいよ」

「先生、お願いします。私は、テッド稲嶺を捕まえます」

「ちょっと待て」

辰巳が慌てた調子で言った。「テッド稲嶺を捕まえるって、どういうことだ？」

「あいつは我那覇さんを付け狙っているんです。私が排除します」

「排除だって……」

辰巳が何か言う前に、木陰から歩道に出た。すでに大城は、倒れている二人の刑事のもとに向かっている。

竜門は、歩道に立った。テッド稲嶺の行く手を遮《さえぎ》る格好《かっこう》になる。

テッド稲嶺が、のんびりとした歩調で近づいてくる。すでに自分を待ち受ける人影に気づいているはずだが、まったく気にした様子はない。

やがて、二メートルほどの距離まで近づいてきて、テッド稲嶺は立ち止まった。

「おや、一昨日《おととい》の人だね。俺に何か用かい？」

「いろいろと事情があってね。あんたに、我那覇さんの邪魔をさせるわけにはいかなくなった」

テッド稲嶺は笑った。

「それは、何かの冗談か？」

「あんたを実力で排除しようと言っているんだよ、テッド稲嶺」

稲嶺は、右の眉《まゆ》を吊《つ》り上げた。それが道の脇《わき》の蛍光灯に照らし出された。

「ほう……。俺のことを知っているのか？」

「沖縄から来たんだろう？　我那覇さんの首にかかった賞金が目当てか？」

「賞金なんてどうでもいい。俺は伝説を書き換えるために来たんだ」

「伝説というのは、我那覇さんのことか？」

「沖縄最強の男ということになっているからな。その伝説は間違いだということを証明する。つまり、俺が最強なんだ」

「たしかに、我那覇さんが最強というのは間違いかもしれない」

「そうだろう」

「我那覇さんより強い人はたしかにいる。だが、それはあんたじゃない。我那覇さんの師であり、私の師である大城先生だ」

テッド稲嶺が笑った。

「師を思う心というのは美しいものだ。だが、くそ食らえだ。師を超えてこそ修行の意味がある」

「あんたは、師を超えたとでも……？」

「さあね……。さて、おしゃべりしている暇はないんだ。我那覇を見つけなければならないんでね」

「あんたが我那覇さんと戦うことは、永遠にないだろう。私が阻止するからだ」

「ふん……」

稲嶺は、面倒臭そうに言った。「あんたにできるかな……」

そのとき、稲嶺の向こう側から大城の声が聞こえた。

「竜門さん、来るよ」

大城は、二人の刑事に活を入れ終え、戻って来たのだ。

竜門にも、稲嶺の攻撃が来ることはわかっていた。

稲嶺の体がゆらりと前方に揺れる。その瞬間に風圧を感じる。

竜門は下がらなかった。逆に一歩前に出る。

ぎりぎりの勝負では、下がることも、横によけることさえも無駄な動きだ。

ただ純粋に突っこんでくる相手にカウンターを決める。それは、ピッチャーが投げたボールをバットで打ち返すようなシンプルな動きでしかない。

竜門は、右の突きを出していた。

ふっと稲嶺の気配が遠のく。竜門の反撃を察知して、間合いを取ったのだ。

一瞬の攻防だった。おそらく見ていた辰巳には何が起きたかわからなかっただろう。

だが、大城には、はっきりとわかったはずだ。

稲嶺は、再び二メートルほどの間合いの向こうにいた。その顔に笑みが浮かんでいる。

会ったときからずっと、にやにやと笑っていたが、笑いの種類が変わっていた。先ほどは、嘲笑《ちょうしょう》だった。今は、獲物を見つけた肉食獣の喜びを表している。

稲嶺も強い相手と戦うのがうれしいらしい。

「ほう……。一昨日もなかなかやると思ったが、今日はまた一段と冴《さ》えているじゃないか」

稲嶺の気配がまた強くなった。攻撃をしかけてくる。竜門は、無意識に体が動くに任せることにした。

実際の戦いで、あれこれ考えている暇はない。どれだけ体が自然に動くかが勝負なのだ。

来る。

そう思ったとき、大きな声がした。

「おい、そこで何をしている？」

複数の足音が近づいてくる。だが、そちらに眼をやるわけにはいかない。今、稲嶺から眼をそらしたら、その瞬間にやられる。

「おい、おまえたち、ここでいったい何をしているんだ」

再度の質問。野太い声。竜門の視界の隅に黒いスーツ姿の男が映った。ヤクザのような見かけだが、刑事に違いない。おそらく組対四課の刑事だ。

ここは、引くしかないか……。

竜門がそう思ったとき、稲嶺の足が一閃《いっせん》した。

近づいて行った刑事は、鳩尾《みぞおち》を深々と蹴りでえぐられた。刑事は、信じられないといった表情のまま、前のめりに崩れていく。

「何をするか」

そう叫んだのは刑事の相棒に違いなかった。彼が稲嶺に近づく。

稲嶺は、面倒臭そうに左の裏拳を出す。それが相手の顔面を捉える。鼻から鮮血が噴き出す。棒立ちになった相手に、稲嶺は右の正拳を見舞った。三枚の急所だった。

その相棒も地面に倒れた。

稲嶺が、竜門に言った。

「さあ、続きをやろうか」

21

その瞬間を逃すべきではなかった。

竜門は悔やんだ。

稲嶺が刑事を倒す瞬間は、さすがにこちらに対して隙《すき》を見せていた。

その隙を衝《つ》くことができなかった。迷いもなく刑事を蹴り倒し、顔面に裏拳を叩き込むという行動に、さすがに驚いたのだ。

しかも、刑事たちを倒す間も、稲嶺は竜門から視線をそらさなかった。

稲嶺は、いま棒立ちで両手もだらりと垂らしている。最も実戦的な状態だ。

竜門も同じだった。自然体で、ほんの少しだけ膝《ひざ》を曲げている。肩を落として、全身の力を抜いている。

実戦に備えるには、構えないのが一番だ。

それを双方とも熟知しているのだ。そして、たいていは先に動いたほうがやられる。

ほとんどの空手の技は、対《つい》の先《せん》、つまりカウンターを狙うようにできている。

「空手に先手なし」という言葉がある。精神論で解釈されがちだが、それは間違いだ。先に手を出すと、カウンターを取られるというのが本来の意味だ。武道の究極は、この対の先だ。剣術も、合《がっ》し打《う》ちで勝つのが極意だ。

だが、その上の境地もある。先《せん》の先を取るのだ。対の先が相手の技が出てくる瞬間を押さえるのに対して、先の先は、相手の気を制して先手を打つことを言う。

ただ、先に手を出すのとは違う。それではカウンターを食らってしまう。

相手を気で圧倒するか、あるいは相手が動こうとする、まさにその瞬間に攻撃する。

いずれにしろ、相手の動きを封じておいて仕掛けるのだ。

稲嶺がその境地に至っていることは確かだ。彼は先の先を得意とする。

いずれにしろ、勝負は一瞬にして決まる。そう思っていなければならない。

相手の全身の動き、表情、呼吸。そのすべてを読まなければならない。最も大切なのは、体軸の移動だ。体重の移動と言い換えてもいい。

どんな達人でも、動くときは必ず体重の移動がある。

初心者は、相手の手足を見る。稽古を積むと、それがあまり重要でないことがわかってくる。大切なのは、相手の体重の移動を察知することだ。その瞬間が攻めどきなのだ。

相手の体軸の動きを見切れるようになれば、手足の動きなど気にすることはない。

戦うときは相手の眼を見ろと言われることがあるが、それは危険だ。相手の気迫に呑《の》まれることもあるし、眼でフェイントをかける者もいる。

フェイントとは、誰もが知っているように攻撃するふりをして相手をだますことだが、眼で攻撃の意思を示すだけで、フェイントになり得るのだ。

本当の勝負というのは、それくらいに神経が張り詰めている。

今、まさに竜門と稲嶺は、そういう状態だった。精神状態は極限まで高まっているが、体はリラックスしている。

竜門がそうであるように、稲嶺もそういう状態であることがわかる。二人は、二メートルほどの距離を置いているが、竜門はまるで手を触れているかのように稲嶺のことがよくわかっていた。

さまざまなイメージが頭の中を通り過ぎていく。稲嶺の右拳が顔面に飛んでくる。それに自分は同じく右の突きを合わせる。

受けている暇などない。攻撃に攻撃で返すしかないのだ。

あるいは、相手が突然蹴りを放ってくる。その瞬間に、渾身《こんしん》の力を込めた突きを顔面に向かって突き出す。

蹴りがヒットする前にこちらの突きが当たればいい。

本当に威力のある蹴りの射程距離は短い。脚のほうが手より長いので、遠い距離から攻撃できるように感じるが、それは本来の蹴りではない。

昔から沖縄では、つかんだら蹴れ、つかまれたら蹴れ、と言われていた。それほど蹴りの間合いは近いということだ。

シミュレーションをしているわけではない。自然と闘いのイメージが頭の中を通り過ぎていくのだ。

それは、実際の攻防と同じ意味を持つ。こちらが抱いているのと同じイメージを、稲嶺も同時に見ているはずだ。

二人は動いていない。だが、激しく攻防を繰り広げているのだ。

すでに、稲嶺は想像の中で、三回は攻撃を仕掛けてきていた。それに、竜門はカウンターを合わせていた。

その想像上の戦いが、いつ本物になるかわからない。

ずいぶん長い間、対峙《たいじ》しているような気がしていた。竜門の印象では、三分間ーラウンドはたっぷり戦ったように感じる。

だが、実際には三十秒に満たないだろう。神経を研ぎ澄ましていると、時間が早く過ぎて行くように感じるのだ。

ごくわずか、稲嶺の上体が動いた。

だが、それはフェイントだとわかった。腰が動いていない。つまり、体重移動がないということだ。体軸が移動していないのだ。

だから、竜門は動かなかった。

稲嶺の顔から余裕が消えた。

迷い始めたのだ。竜門が、今のフェイントに気づいていて動かなかったのか、それともまったく気づかなかったのか、判断できずにいるのだ。

竜門の力量を計りかねているということだ。

相手が迷うというのは、こちらが優位に立つということだ。

これで、竜門の方針は決まった。

合わせのタイミングだけを狙う。カウンター狙いに徹するのだ。それこそが、大城の空手の真髄だ。

本来の空手の突きに距離はいらない。相手との距離が五センチほどあれば、いや、相手に拳が触れている状態からでも倒せる。

そういう鍛錬を、ナイファンチとセーサンの型でしたたか繰り返すのだ。

カウンターで危険なのは、言うまでもなくタイミングが遅れることだ。多くの場合、突きや蹴りに勢いをつけようとして、遠くから突いたり蹴ったりしてしまうから遅れてしまうのだ。

ほとんど触れたような状態から突きを決められれば、遅れることはない。

稲嶺の左足の踵《かかと》がわずかに動いた。蹴りが来る。

次の瞬間、竜門は体を開きながら飛び込み、右の拳を顔面に飛ばしていた。

相手の蹴りが見えてからでは遅い。蹴りが出てくる瞬間に、こちらの技を決めなければならない。

脇腹を稲嶺の右足がかすっていく。体を開いていなければ、鳩尾を下方から蹴り上げられていた。

だが、完全にカウンターで決まるはずの竜門の顔面への突きも、紙一重でかわされていた。

読まれていたのだ。

稲嶺の右の突きが顔面に飛んでくる。体が流れを知っている。竜門は、危なげなくそれをよけた。

二人の体は、ほとんど重なり合うくらいに接近している。力量差があれば、ここで相手を倒すために、崩し技や投げ技を使う。だが、力量が接近している場合は、そんな暇はない。

とにかく、相手に打撃を加えることが先決だ。

稲嶺の左の肘《ひじ》が竜門のあばらめがけて打ち込まれる。竜門は、それをぎりぎりでかわしながら、稲嶺の左膝を蹴り下ろそうとした。

接近した場合の下段蹴りは、きれいな足刀である必要はない。足の裏全体で踏みつけるように蹴り下ろせばいい。

稲嶺は、それをかわしながら体を入れ替え、右の鉄槌《てっつい》を竜門の耳の下に飛ばしてきた。握った拳の小指側をハンマーのように叩き込むのだ。

耳から鎖骨にかけての胸鎖乳突筋《きょうさにゅうとつきん》にこうした攻撃をくらったらひとたまりもなく昏倒《こんとう》する。

それをかわすついでに、頭突きを見舞った。捨て身の攻撃と言えた。頭突きは、当たれば確実に威力を発揮するが、かわされれば、最も重要な体軸を崩すことになる。

稲嶺は、後方に大きく退いた。また間合いが開いた。

一瞬のうちに激しい攻防があった。だが、互いに相手の攻撃をブロックはしていない。受けた瞬間に負けになる。受けて反撃、などという暇はないのだ。

それに、相手の攻撃を受けると確実にダメージを受ける。

剣術でも、高度な攻防になると、互いの刀身が触れ合うことはないという。刀と刀がぶつかれば、たちまち刃がこぼれてしまう。

稲嶺の表情に戸惑いが浮かんだ。

おそらく、自分の攻撃が通用しないことが不思議なのだろう。これまで、おそらくどんな相手でも秒殺してきたに違いない。彼は、それほど強い。

そして、それは空手を正しく学んだ者の強さだ。

その攻撃が竜門に決まらないので、あせりを感じているに違いない。竜門の実力を見くびっていたということだ。

ヤマトンチュの空手など、自分にかなうはずがないという驕《おご》りがあったのだろう。

一方、竜門は稲嶺の実力を正当に評価していた。そして、その技の特徴についてよく考えていた。

再び二人は、対峙した。

今度、互いに手を出したときは、こちらが確実に勝つ。竜門は、そう確信した。いや、そう思うことで優位に立とうとしていた。

先ほどとは、違い、稲嶺の肩にわずかに力が入っているように見える。緊張は、体を固くする。

スポーツでは、ある程度緊張することでいい結果を出せることがあるという。だが、武術ではそういうことはない。

落ち着いて、脱力できているほうが確実に勝つ。

稲嶺の上体がゆらりと動いた。先ほどのフェイントと同じに見える。だが、今度は腰までが動いていた。

突きが来る。

そう思うと同時に、竜門も仕掛けていた。

顔面に右拳。

稲嶺は、左の中段突きも同時に出していた。バッサイに見られる技だ。やはり泊手《とまりて》の技を使ってきた。

竜門は、中段に来る左拳には構わなかった。右拳が不発に終わったら、どのみち負けるのだ。

それくらいに、ぎりぎりのタイミングだ。

あばらに衝撃が来る。

だが、それよりもしたたかな衝撃を右の拳に感じた。当たったと思った瞬間に、さらに拳を下に向けて加速してやった。俗に言う「チンクチをかける」という技術の一種だ。手首を使っているようだが、実は肩甲骨でコントロールしている。

稲嶺の体から、一瞬にして力が抜けた。彼は、真下に崩れ落ちた。

竜門は、その姿を見つめていた。しばらくして、自分が呼吸をしていないことに気づいた。大きく息を吸った。

その後は、まるで、何百メートルか全力疾走した後のようにぜいぜいと息が切れた。体が小刻みに震え出す。同時に、全身に汗が噴き出した。

激しい緊張の後遺症だ。緊張が解けたときは、いつもこういう状態になる。

息をするたびに右の脇が痛む。あばらの軟骨にひびが入ったかもしれない。体勢が不充分で、軽く当たったように感じた稲嶺の左拳だったが、かなりの威力があった。まともに食らっていたら、立っていられなかっただろう。

稲嶺は、うつぶせに倒れて動かない。

竜門も動かずに、稲嶺を見下ろしていた。

「先生……」

背後から辰巳の声がした。「いったい、何がどうなったんだ?」

攻防が速すぎて、見ていた辰巳にも何が起きたのかわからなかったようだ。いや、速すぎてというより、地味すぎてと言ったほうがいいだろう。

無駄な動きを徹底的にそぎ落としていくと、ただ手を振って歩いているのと変わらない所作になってしまう。

互いにそういう動きで戦ったということだ。

竜門はこたえた。

「最後には、稲嶺が私の顔面とあばらを同時に狙ってきました。私は、顔面めがけてカウンターの突きを出しました。こちらの突きが稲嶺の顔面を捉《とら》えましたが、わずかにかわされました。顔面の中央でなく、頰《ほお》のあたりを捉えました。稲嶺は、脳震盪《のうしんとう》を起こしているでしょう。しばらくすれば、目を覚ますはずです」

大城が言った。

「さすがだね、竜門さん。技がますます冴えてきたね」

辰巳は、かぶりを振った。

「俺には、何が起きたのかまったくわからなかった……」

大城が辰巳に言った。

「それは残念だね。いいものを見せてもらったよ」

辰巳は、手錠を取り出した。

「こんな物騒なやつは、意識が戻る前に手錠をかけておかないとな……。救急車を呼ぶ必要もある」

辰巳は、まだ倒れている刑事たちを見て言った。

「そうそう。刑事さんたちに、活を入れたほうがいいね」

大城がそう言って、次々と刑事たちに活を入れた。

そこにまた別の刑事がやってきた。やはり二人一組だ。その刑事たちが、辰巳に声をかけた。

「おい、これはどういうことだ？」

「おたくらは？」

「捜査一課の者だ」

「公務執行妨害と傷害の現行犯で逮捕だ。おそらく、一昨日の火事もこいつのせいだ。放火の疑いもあるってことだ」

捜査一課の刑事たちの片方が尋ねた。

「こいつが、連続傷害犯なのか？」

「違う。犯人を付け狙っていたやつだ」

「どういうことなんだ？」

「話せば長くなる」

「長かろうが何だろうが、話を聞かないわけにはいかないな」

「とにかく、救急車を呼ばなきゃな。脳震盪を起こしているらしい」

捜査一課の刑事が竜門と大城を見てから言った。

「なんで、脳震盪を起こしているんだ？」

「おい、そんな眼で俺の協力者たちを見るなよ。はずみでそうなったんだ。見ろよ、そこの二人の捜査員。彼らは、こいつにやられたんだ。それを見て、この人は助けに入ったんだぞ」

捜査一課の捜査員が、活を入れられたばかりでまだぼんやりとしている二人に尋ねた。

「あんたら、組対《そたい》四課だな？」

黒いスーツの捜査員がこたえた。

「ああ、そうだ」

「この人が言っていることは本当か？」

「何が何だかよくわからないんだ。この人たちに近づいて行ったら、いきなり腹のあたりにどかんときて、あとは何もわからなくなった……」

その相棒が稲嶺を指さして言った。

「こいつが、蹴りを食らわしやがったんだ。それを見て、取り押さえようとしたら……」

彼は、鼻血を流している。シャツも赤く染まっていた。

捜査一課の二人組の若いほうが、携帯電話で救急車を呼んだ。年上のほうが、辰巳に言う。

「連続傷害犯を付け狙っていたと言ったな。そいつは何者だ？」

「名前はテッド稲嶺。沖縄の暴力団員だ。叩けばいくらでも埃《ほこり》が出るだろう」

「沖縄の暴力団員？　それがどうして連続傷害犯を……？」

「連続傷害犯は、沖縄の賞金首らしい」

「賞金首だって……？」

「抗争で大暴れをしたので、敵対組織が賞金をかけたというわけだ」

「待てよ。犯人が割れているような言い方じゃないか」

「どうかね。俺はそこまでしか知らん」

「おい、所轄の捜査員が知っている事実を、俺たちが知らないというのは問題だぞ」

「だから、知っていることは、今すべてしゃべった」

捜査一課の刑事が稲嶺を見下ろして言った。

「こいつの身柄をどこに運ぶつもりだ？」

「取り敢えず病院だ」

「その後のことだよ」

「俺は、渋谷署の署員だ。だから、当然渋谷署に運ぶつもりだよ」

「身柄《ガラ》は、俺たちがもらう」

「おいおい、ワッパかけたのは俺だぞ」

「いずれにしろ、俺たちのところに上がってくる事案だ」

　すると、蹴り倒された組対四課の刑事が言った。

「おい、こいつマルBだと言ったな？　だったら、俺たちの仕事だろう」

　捜査一課の刑事がこたえる。

「傷害事件絡みなんだ。俺たちが身柄をもらうのが筋だ」

「対抗組織が賞金をかけたやつを、マルBが追っていたんだろう。これは抗争事件じゃないか」

　辰巳がうんざりした顔で、捜査一課の刑事に言った。

「好きにしろよ。そいつの身柄がほしいなら、持って行けばいい。あとは本部で適当にやってくれ。ただし、一つ条件がある」

「何だ？」

「去年の四月のことだ。ホームレスがこの公園で焼死した」

「ああ、覚えている。事故死として処理されたはずだ」

「あれが殺人だったという証言がある。そして、連続傷害犯は、そのけじめをつけようとしているんだという話もある」

「けじめだって……？」

「そのホームレスを殺害したのは、悪ガキどもだ。面白半分にホームレスに暴力を振るい、挙げ句にテントに火を付けた」

「その仇討《かたきう》ちのために、悪ガキや半グレをやっつけているというのか？」

「だからさ、調べ直す必要があるんだ」

「それは俺たちが判断することじゃない。事故死で調べは終わっているんだろう。再捜査には、それなりの司法手続きが必要だ」

「だから、所轄の俺にはどうしようもない。だが、本部のあんたらなら動きようもあるんじゃないかと思ってな」

二人の捜査一課の刑事は顔を見合わせた。やがて、年上のほうが辰巳に言った。

「あんたが知っていることや、調べたことを全部教えてくれるんだったら、何かできるかもしれない」

「ほしいものを取りに来てくれ。俺は渋谷署の辰巳だ。じゃあ、そういう条件で、稲嶺の身柄をくれてやるよ」

救急車のサイレンが近づいてきた。

辰巳は、その場を離れた。竜門と大城も辰巳に続いた。

22

公園を出ると、竜門は辰巳に尋ねた。

「捜査一課は、再捜査するでしょうか？」

「さあな……。だが、所轄よりは可能性が高いはずだ。あとは、上がどう判断するか、だな」

それから、誰も口を開かずに宮益坂下の交差点まで歩いた。信号で立ち止まると、辰巳が言った。

「十一時過ぎか……。一杯やりたい気分だな。『トレイン』でも寄っていくか」

竜門は言った。

「では、ここで……」

「おい、先生。つれないじゃないか。つきあえよ」

竜門も、強い酒を少しだけ飲みたい気分だった。激しい緊張が解けたあとの虚脱感があった。気付け薬が必要だ。だが、大城のことが心配だった。

すると、その大城が言った。

「アイ、竜門さん。稲嶺をやっつけた祝杯を上げないとね」

「先生はだいじょうぶですか？」

「私もシマーを一杯飲みたいね」

辰巳が言う。

「決まりだ」

辰巳は、道玄坂方面に歩き出した。

『トレイン』には、いつものとおり、他に客はいなかった。

これでよく潰《つぶ》れないものだと、竜門はいつも不思議に思う。マスターの岡田は、深夜が勝負なのだと言う。だが、すでに十一時過ぎだ。そろそろ客が入らないとまずい時間だろう。

だが、それは余計なことなのだろう。どういうわけか、『トレイン』は存続している。その事実が重要なのだ。

大音響のジョン・コルトレーンのボリュームを絞るように言い、竜門は、ブッシュミルズをストレートで注文した。

辰巳はビールを、大城は泡盛の水割りを頼んだ。

酒がそろうと、大城が言った。

「竜門さんの勝利に乾杯しましょうね」

そういう気分ではなかった。戦いの後はいつも苦い気分になる。

世の中には、根っから暴力が好きという連中がいることは確かだ。

ボクシングなどの格闘技の世界で、その資質を活かせればいい。そうでない場合は、反社会的な存在となる。サイコパスなどもその類だ。

俺は、そういう連中とは違う。

竜門はそう思う。だから、自ら戦いを求めるようなことはない。

その一方で、テッド稲嶺や大城が言ったように、強い相手と戦ってみたいという欲求があることは確かだ。

それを自覚したとき、自分は暴力好きのサイコパスとどれくらい違うのだろうという疑問がわいてきた。

そして、戦いが終わると、決まって今と同様の苦い気分になるのだ。それがわかっていても、つい戦うはめになってしまう。

「竜門さん、浮かない顔してるね」

大城が言った。

竜門は、今の気持ちのことは話したくなかった。

「これから、我那覇さんがどうなるのかと思いましてね……」

それを聞いて、辰巳が言った。

「どうなるって、どういうことだ?」

「もし、ホームレスの焼死事件を警察が調べ直すとしたら、それが我那覇さんの言うけじめになると思います」

「そうだな……」

「もし、警察が調べ直さないという決定を下したら、我那覇さんは力尽きるまで、不良や半グレたちと戦い続けることになるでしょう。そして、沖縄から第二、第三のテッド稲嶺が送り込まれてくるんです」

辰巳は難しい顔をしていた。

「現場の俺たちは、調べ直したいと思っている。しかしな、事件かそうでないかを決めるのは検事だ。そして、検事ってのは頭が固くて、一度結論が出た事案を見直すことはほとんどない」

「それが間違いだとわかっていても？」

「検事と判事が決めたことに、間違いはあり得ないんだよ。万が一、事実と違っていても、彼らが決めたことが真実になるんだ。それが法律だ」

「ならば、そんな法律に従いたくはありませんね」

「警察官になりたての頃は、今先生が言ったようなことを、幾度となく感じたよ。だが、長年刑事をやっていると、感覚が麻痺《まひ》してしまうのか、慣れっこになっちまう……」

「無実の人が有罪になったりするわけですね？」

「ああ、人一人の一生がそれで台無しになったりする。しかし、検事や判事にしてみれば、それは毎日通り過ぎていく書類の一つに過ぎないんだ」

「ホームレスの件の再捜査は、あり得ないということですか？」

「そうは言っていない。検察が再捜査に踏み切ることはある。だが、そのためには、条件がある。まず、第一に物的な証拠だ。あるいは、きわめて信頼度の高い有力な証言。証言は、複数であることが望ましい」

「殺されたホームレスの仲間たちの証言を集めればいいじゃないですか」

「俺がそれをやっていないと思うかい、先生。とっくにそうした証言を集めて提出してある。俺も、しつこく働きかけているんだよ」

「さっきの捜査一課の刑事は、再捜査のために動いてくれますかね？」

「そのために、稲嶺の身柄《ガラ》をくれてやったんだ。やつらだって恩義を感じるはずだ」

それまで、竜門と辰巳の会話を黙って聞いていた大城が、ぽつりと言った。

「生剛は、死ぬつもりかもしれないね……」

辰巳が厳しい表情で大城を見た。

「俺に逮捕される。そう言いませんでしたか？」

「私としては、それが一番だと思うさ。でもね、生剛は、そうは思わないかもしれないね。おめおめ警察に捕まるのは、恥だと考えるかもしれない」

「死ぬだって……」

辰巳は悔しそうに言った。「それは、最悪のシナリオですよ」

竜門は何も言わずにいた。我那覇は竜門に、「何があっても先生を守ってくれ」と言った。その言葉の意味を改めて嚙みしめていた。

大城が言うとおり、我那覇がおとなしく警察に捕まるとは思えない。やはり、死を覚悟しての行動だったのかもしれない。

辰巳が大城に言った。

「生き残るために、沖縄から本土に逃げてきたんでしょう？　それなのに、今さら死ぬつもりだっていうんですか？」

「疲れたのかもしれないね」

「疲れた……？」

「逃げ続け、隠れ続ける生活に、疲れ果てたのかもしれない」

「そんなのは、俺が許さない。死なれる前に逮捕すればいい。罪を償《つぐな》って娑婆《しゃば》に戻れば、気分も変わるでしょう」

「そう。辰巳さんが逮捕してくれるのが一番なのは間違いないさあ。私も生剛にそう言ってある。でもね、生剛は納得していないかもしれない」

「納得もへったくれもありませんよ。連続傷害事件の被疑者なんですから」

「生剛を逮捕するのは、簡単じゃないよ」

「警察をなめないでください」

「別になめてないね。本当のことを言っただけさ。生剛が本気になったら手を焼くよ」

辰巳が、ふんと鼻で笑って言った。

「機動隊でも呼びますか」

大城はそれを冗談とは受け取らなかったようだ。

「それよりもいい方法があるさ」

辰巳が尋ねる。

「何です？　いい方法って……」

「竜門さんが、生剛と戦って勝つことさ」

「先生が……？」

竜門は驚いて言った。

「待ってください。どうして私が我那覇さんと戦うという話になるのです？」

「生剛とまともに戦えるのは、私と竜門さんくらいだよ。竜門さんが戦って、もし勝てなかったら私が行くよ」

「いや、そういうことじゃなくって……。我那覇さんを逮捕するために、どうして誰かが戦わなくてはならないのですか？」

「二つの意味があるよ。まず一つ目は、生剛を納得させるためだよ。二つ目は、稲嶺のときのように、生剛が気を失っている間に逮捕できるかもしれない」

「我那覇さんは、そんなことを望んでいないでしょう」

「私が話をつけるさ。生剛に死なれるのは、耐えられないからねえ」

「我那覇さんは、テッド稲嶺よりも強いのでしょうね？」

「強いと思うよ」

「そして、私の兄弟子ですね？」

「そういうことになるね」

「ならば、私に勝ち目はありません。テッド稲嶺に勝てたのは、ただ運がよかったからです」

「そうじゃないよ。竜門さんは、勝つべくして勝ったのさ」

「我那覇さんも私も、先生の弟子です。双方とも手の内を知り尽くしています。そして、我那覇さんには一日の長があります」

「竜門さんの利点もあるよ」

「利点？」

「そう。竜門さんのほうが若い」

「首里手《しゅりて》を突き詰めると、年齢など関係なくなるんじゃないですか？　先生を拝見していると、それがよくわかります」

大城の技の特徴は、徹底的に無駄な動きと力みをそぎ落とすことだ。だから、熟練度が上がればそれだけ強くなる。年齢はあまり関係ない。

「そうだね……」

大城が言った。「技の速さは筋力とは別物だ。でもね、竜門さん。やっぱり若いというのは、有利なものなんだ。人間、老いには勝てないんだよ」

珍しく弱気な発言だ。やはり、病気が影響しているのだろうか。

竜門は、昨夜、我那覇が『トレイン』に姿を見せたときのことを思い出していた。虎か何かが目の前にいるように感じた。

圧倒的な威圧感だった。

勝てる気がしなかった。できれば、あんな相手とは戦いたくない。正直に言うと、そう思っていた。

だが、その一方で、我那覇と戦うのはどういう境地だろうという興味があるのも事実だった。

戦いには、それぞれ境地がある。

相手がそれほど強くなければ、危なげなく相手を制することができる。同等ならば、どうやれば勝てるのかを考える。そして、それは恐ろしいと同時に、ゲームのような楽しさがある。

力が上の者と戦うときは、全身全霊をかけて向かって行く。

それぞれのレベルに合わせた境地があり、それ故に実戦というのは、貴重な体験となるのだ。

竜門は大城に尋ねた。

「本当に私が勝つチャンスはあると思いますか？」

「もちろんさ」

大城が言った。「竜門さんは、沖縄にいたときよりも、ずっと強くなったさあ」

そういう自覚はなかった。

「どうすれば、我那覇さんに勝てますか？」

「普通にやればいい。竜門さんは、それくらいの実力があるんだからね」

「私が倒されたら、先生が戦うというのは、本気ですか？」

「もちろん、本気さあ」

おそらく、自分がその戦いを見ることはできないだろうと、竜門は思った。

大城が出てくるということは、すでに竜門はもう倒されているのだ。そして、我那覇に倒されるというのは、無事ではいられないことを物語っている。

気を失っているのは確実に思えた。悪くすれば死んでいる。

だが、虎のような威圧感のある相手だろうが、本物の虎だろうが、師が戦えと言ったら戦わなければならない。それが武術の世界だ。

辰巳がかぶりを振った。

「俺は、機動隊を呼んだほうが手っ取り早いと思うけどな……」

「竜門さんと戦うことが重要なのさ」

大城がにこやかに言った。「竜門さんにやられたら、きっと生剛は納得するはずさ。

そして、そのとき、生剛の逃亡生活も終わるということだね」

辰巳が言う。

「刑務所にいる間は安全だからな」

竜門が言った。

「よく、映画なんかで、刑務所の中までヒットマンが入り込むことがありますよね」

辰巳が顔をしかめた。

「それはあくまでドラマや映画の世界での話だよ」

とにかく、今日はテッド稲嶺に勝てた。おかげで、こうして酒が飲める。

我那覇と戦った後は、病院のベッドにいるかもしれない。

竜門は、溜め息をついてから、もう一杯ブッシュミルズを注文した。

自宅に戻ると、大城はすぐに寝てしまった。やはり体力が衰えているようだ。

た。
悪い病気でなければいいが、という願いは、もはやむなしいもののように思えてき
気がかりなことがたくさんある。
大城の病気のことも気になるし、我那覇の今後の動向も気になる。そして、我那覇
との戦いが最も重要な懸案事項となっていた。
ベッドに入ったが、なかなか寝付けなかった。
眠れぬままに、我那覇との戦いを想像してみた。
相手が突いてくる。それに、カウンターを合わせる。
ごくごく単純な動きだ。我那覇ほどの相手に、トリッキーな技は通用しない。
より速く、より強い一撃を決めるだけだ。そして、その速さというのは、筋力では
なく、無駄な動きや力みを取り除くことでしか得られないのだ。
何度イメージしても、勝てなかった。
これではだめだ。竜門は思った。
なんとか、本当の戦いまでに、勝てるイメージを持たなければならない。竜門は、
追い詰められた気分だった。
翌日、稲嶺に打たれたあばらが痛んだが、施術を休むわけにはいかない。幸い、ひ

びが入ったりはしていないようだ。

施術している最中に辰巳から電話があった。携帯電話に着信があったのだが、施術中だったので出なかった。そうしたら、受付の固定電話のほうにかかってきた。

真理が告げた。

「辰巳さんからお電話です」

「あとで、こちらからかけると言ってくれ」

「急ぎだと言ってますけど……」

何事だろう。気になった。

竜門は患者に断って、電話に出た。

「竜門です」

「先生、今しがた検察から電話があった。検事が俺に会いたいんだとさ」

「検事……？」

「ホームレスの焼死の件だよ。捜査一課のやつらが今朝早く、いろいろな資料を取りに来た。やつらも検察に働きかけてくれたらしい。検事が再捜査をする必要があるかどうかの調査を始めるということだ。俺から事情聴取するんだ」

「それで、再捜査となる可能性はどれくらいあるんですか？」

「任せておけ。俺が何としても説得する」

「私は、客観的な可能性が知りたいんです」

「しらけるじゃないか、先生。まあ、ぶっちゃけ、今のところは五分五分ってところだよ。俺が行って、それを確実な線に持って行こうってんだ」

「ぜひお願いします」

「ここまでこぎ着けるのがたいへんだったんだ。あとは、何とかできると思う。じゃあ、結果が出たらまた知らせる」

電話が切れた。

竜門は、施術の続きを始めた。大城にも知らせようかと思った。だが、知らせるのは結論が出てからのほうがいいと考え直した。

結果が悪かったら、ぬか喜びをさせることになる。

その日は、患者が多く、あばらの痛みに耐えながら午後六時までほぼ休みなく施術を続けた。さすがに疲れて帰宅した。

大城はまた横になっていた。

「先生、晩酌はなさいますか？」

大城は身を起こして言った。

「もうそんな時間ね？　そうだね、一杯だけもらいましょうかね」

酒のつまみに、冷や奴を作っていると、また辰巳から電話があった。

「どうなりました？」

「再捜査が決まった。担当検事は、司法手続きに入った」

「それはよかった」

「我那覇にも、すぐに知らせてやりたいな……」

「大城先生に相談してみます」

電話を切ると、今の話を大城に伝えた。

大城が言った。

「それはよかったねえ。すぐに、生剛に知らせてやりたいね」

そう言うと思った。

我那覇に会いに行ったら、その場で戦うことになるかもしれない。竜門は、まだ勝利のイメージがつかめていない。しばらく猶予《ゆうよ》がほしかった。

大城が言った。

「まずは腹ごしらえだね。それから、公園にでかけましょうね」

やはり、猶予は無理か。

竜門は、そう思いながら、夕食の用意を始めた。

23

宮下公園の脇まで来ると、歩道に辰巳が立っているのが見えた。竜門は尋ねた。

「こんなところで、何をしているんです?」

「あんたたちを待っていたのさ」

「どうして、私たちがここに来ることがわかったんですか?」

「わかるさ。これから、我那覇を探しに行くんだろう? 最後には、俺の出番が待っている。俺をのけ者にするのはおかしいだろう」

「のけ者にするつもりなどありませんよ。ちゃんと連絡するつもりでした」

「我那覇と勝負をした後でか?」

竜門はこたえなかった。戦いに負けたら、竜門本人が辰巳に連絡を取ることなどできないだろう。

辰巳が言った。

「とにかく、ここにいたら先生たちが来るだろうと、ずっと張り込んでいたんだ。かれこれ三時間になるかな……」

竜門は驚いた。

「三時間ですか？」

「刑事は、張り込みには慣れっこなんだよ」

大城が言った。

「さて、三人そろったところで、公園へ行ってみましょうね」

公園の中には、まだ捜査員たちの姿があった。木立の脇や灌木《かんぼく》の背後に、二人組で立っている。

その間をすり抜けるように遊歩道を進み、ちょっとした広場に出た。

大城がそこで立ち止まった。竜門と辰巳も立ち止まる。

周囲は木立と灌木に囲まれており、水銀灯の光も届かない闇《やみ》が広がっている。その闇に向かって、大城が言った。

「生剛。いるのはわかっている。出て来たらどうだ？」

何の反応もない。大城の勘違いではないのかと、竜門は思った。

大城がもう一度言った。

「いつまで、こそこそしているつもりだ。話がある。出て来てくれ」

何の反応もない。大城は動こうとしない。竜門は、大城に従うしかないと思った。

辰巳が苛立《いらだ》たしげに言った。

「おい、先生。本当に我那覇はこのあたりにいるのか？」

る。

竜門がこたえようとしたとき、灌木の茂みががさがさと鳴った。そこに人影が現れた。竜門は、後頭部の髪がちりちりと逆立つのを感じた。巨大な肉食獣の餌《えさ》にされる草食動物のような気分だ。

その影がゆっくりと広場に歩み出て、水銀灯に照らされる。我那覇生剛は驚くほど穏やかな表情をしていた。

「大城先生、お話というのは……?」

「ホームレス焼死事件の再捜査が決まった。そこにいる辰巳刑事が、いろいろと骨を折ってくれたんだ」

我那覇生剛は、ちらりと辰巳を見た。大城が続けて言った。

「私はね、生剛が辰巳さんに逮捕されるのが一番いいと思っているんだ」

「先生、自分は今さら警察の世話にはなりたくありません」

「そう言うと思った。私の命令でも聞けないかね?」

我那覇は、深々と頭を下げた。

「自分の言うけじめというのは、警察の捜査とは別の問題なのです」

「ふりむん。ヤーに何ができる。警察に任せるのが一番さ」

「自分以外の誰も信用できないんです」

「では、仕方がないな……。腕ずくでも辰巳さんに逮捕してもらうしかない」

我那覇は、なぜか悲しそうに言った。

「腕ずくといっても、その人では、自分にはとうていかないませんよ」

「生剛の相手をするのは、辰巳さんじゃない。竜門さんだよ。いいかね、竜門さんが勝ったら、おとなしく辰巳さんに手錠をかけさせるんだ」

我那覇は、竜門を見た。それだけで気圧《けお》されそうになった。

「自分が勝ったら、好きにさせてくれるということですね？」

「竜門さんがやられたら、次は私が相手さ」

我那覇が真剣な表情で大城を見た。

「ついに先生と戦える日が来たのですね」

大城はかぶりを振った。

「私が出るまでもないと思う。竜門さんは手強《てごわ》いよ」

我那覇は、右の肩を竜門のほうに向けて立っている。右足も前だ。

すでに戦いが始まっている。

竜門は、そう感じていた。

大城も同様に感じ取ったのだろう。静かに竜門の側から離れていった。

辰巳も大城とともに後ろに下がる。結果的に、竜門と我那覇が対峙《たいじ》する形になった。

我那覇はひっそりと動かない。竜門も先に動くつもりはなかった。

極力無駄をそぎ落とした渾身《こんしん》の一撃。我那覇に通用するのは、それしかない。

いや、竜門の攻撃が通用するかどうかわからない。力量も経験も、おそらく我那覇のほうが上だ。

まともにやりあったら勝ち目はない。だが、やらねばならない。ここで逃げるわけにはいかないのだ。

そして、勝負というのは道場の稽古とは違う。やってみなければわからないのだ。

勝負は時の運という言葉もある。実力だけではない、さまざまな要素が絡《から》んでくる。

竜門は、ありとあらゆる要素が自分に味方してくれるように、天に祈った。恥も外聞もない。神頼みでもしなければ、勝てる気がしないのだ。

我那覇はどこにも力みが感じられない。完全にリラックスしているように見える。

だが、絶えず動いているはずだ。

戦いの最中は、止まっているように見えても決して静止してはいない。どこかが必ず動いているのだ。

居着いていたら負ける。居着きは武術においてはタブーだ。

静止しているようでも、小刻みに両手の指を動かしてタイミングを計ったり、足の裏の体重の位置を変えたりしているはずだ。

竜門もそうだった。

静中動あり、動中静あり、と言われる。

静止しているときでも動きがあり、激しく動いているときでも、体軸は静止していなければならない。

また、この言葉は、戦いの際の心の持ちようでもある。

静止している状態では、さかんに心を動かせ、また、動いている最中は心をできるだけ平静に保っていろ、ということだ。

テッド稲嶺のときと同様だった。

向こうが先に手を出したらどうなるか。

また、こちらが攻撃を仕掛けたらどうなるか。

何度も、その架空の攻防が繰り返されていた。単なるシミュレーションではない。それは、実際の戦いとほぼ同意義だった。

「おい、何をしている」

突然、竜門の背後で声がした。思わず反応しそうになる。その瞬間、我那覇の闘気《とうき》が来た。

竜門に隙《すき》ができたと見た我那覇が、その隙を衝《つ》こうとしたのだ。

竜門は、背後の声を無視した。

我那覇が攻撃を仕掛けてきたら、同時にカウンターを叩き込むだけだ。他のことは一切考えない。

相撃ちでもいい。

その気持ちが我那覇に伝わったようだ。我那覇は、攻撃してこなかった。再び、ひっそりとした、他人の眼にはわからない戦いが続く。

いや、大城は二人の攻防を理解しているはずだ。

背後で、再び声がした。

「何をしていると訊《き》いてるんだ」

竜門は、その問いかけを無視し続けた。一瞬でもそちらに心を向けたら、そのとたんにやられることは眼に見えている。

辰巳の声がした。

「邪魔をするな。今、連続傷害事件の被疑者の身柄を確保できるかどうかの瀬戸際なんだ」

「何だって？　あんた、たしか渋谷署の捜査員だな？」

「あんたは？」

「捜査一課だ。身柄確保って、何のことだ？」

「近づくな。怪我じゃ済まんかもしれない」

「近づくなだって？　ばかなことを言うな。逆らうと、全員検挙するぞ」

そのやり取りの間も、竜門と我那覇の静かな戦いは続いていた。

集中しなければならない。

辰巳が言った。

「いいから、ここは俺に任せてくれ。後でちゃんと報告するから」

「報告なら、今してもらう」

ゆらりと我那覇の上半身が揺れた。

その瞬間に、竜門は我那覇の顔面めがけて正拳を突き出していた。

だが、それは空を切った。ほんの数ミリでかわされていた。反撃が来る。

竜門は身構えた。だが、我那覇の攻撃は竜門に向けたものではなかった。

竜門のすぐ後ろで、「ぐえっ」という声にならない声が聞こえた。

竜門は、はっとそちらを見る。ずんぐりとした体格の男が前のめりに倒れていくのが見えた。彼が声をかけてきた捜査一課の刑事だろう。

彼は、我那覇の拳を腹に食らったのだ。

その相棒が驚いた顔で立ち尽くしていた。まだ若い刑事だ。我那覇は、そちらに前蹴りを見舞った。

下からハンマーを振り上げるような蹴りだった。真っ直ぐ前に蹴るのではない。それが、本当の空手の前蹴りだ。

若い相棒刑事は、声もなく地面に沈んだ。

我那覇が竜門のほうを見て言った。

「さあ、これで邪魔者がいなくなった」

辰巳が言った。

「あんたも、テッド稲嶺と同じようなことをやるんだな……。警官を殴ると後が怖いぞ」

我那覇は、あっさりと辰巳を無視していた。

彼が二人の刑事に攻撃を加えているときがチャンスだった。その瞬間を狙えば、竜門にも勝ち目があったかもしれない。

実戦では、正々堂々と戦う必要などない。負けなければそれでいいのだ。だが、竜門は、そのチャンスを捉えることができなかった。

一瞬判断が遅れたのだ。それは、ほんの〇・一秒ほどの迷いだった。実際の戦いでは、そのくらいの判断ミスが勝敗を分けるのだ。

我那覇は、再び右の肩を竜門のほうに向けて立った。竜門も同様に右の半身になる。

判断が遅れた理由は、明白だった。実戦はきれい事ではないと知っていながら、どうしても汚いことをしたくないという意識が働くのだ。

フェアに戦うというのは、スポーツの世界のことだ。互いに同じ条件で、力を競い合う。だが、実戦は力の競い合いではない。サバイバルなのだ。

俺もやはり甘いな……。

竜門はそう思った。その瞬間猛烈な風が顔面に吹き付けた。実際に、そう感じた。だが、それは本物の風ではなかった。

我那覇の意識だ。攻撃の意思だった。

竜門はカウンターを出そうとした。そのとき、テッド稲嶺にやられたあばらが痛んだ。

そのせいで右の拳が一瞬遅れた。

我那覇にとっては、その一瞬で充分なはずだった。

やられる。そう思いながら竜門は、痛む脇腹を押さえていた。頭の上を突風が通り過ぎていった。

それは、我那覇の右正拳だった。すぐに左が来る。

竜門の体は無意識に動いていた。右の蹴りと右の拳を、同時に出していた。

したたかな手ごたえがあった。

我那覇の左拳が顔面のすぐ脇を通り過ぎていった。

完璧なタイミングで、蹴りと突きが同時に我那覇のあばらに決まっていた。

何が起きたのか、竜門にもわからなかった。気がついたら、我那覇が倒れていた。しばらく音が聞こえない。すべての動きがスローモーションに見える。

やがて、大城の声が聞こえてきて、視界の中が現実に戻った。

「竜門さん、やはり、竜門さんが勝ったね……」

竜門は、倒れた我那覇を見下ろしていた。

「勝った……？」

「生剛の右の突きをかわし、さらに左が来るところに、カウンターで蹴りと突きを同時に決めたのさ」

まったく無意識のうちにやったことだった。「アイ、それにしても……」

大城が言う。「よく、あの右の突きをかわせたものだね」

竜門は、ようやく何が起きたのか理解できてきた。

「かわそうと思ったら、かわせなかったと思います。あばらが痛んで、思わずそれをかばったんです。その動きが偶然我那覇さんの右の突きをかわすことになったのです」

「なるほどね」

「その後のことは、まったく覚えていません。体が勝手に動きました」

「それでこそ、竜門さんさ」

竜門は、我那覇を見て言った。

「活《かつ》を入れなくてだいじょうぶですか？」

辰巳が言った。

「その前に、手錠をかけさせてくれ」

竜門は、辰巳に言った。

「だめです。逮捕するのは、我那覇さんが意識を取り戻してからにしてください」

「なぜだ？」

「我那覇さんは、大城先生の言いつけに納得して私と戦ったのです」

うまく説明できなかった。だが、辰巳は理解したようだった。

「わかった。じゃあ、活を入れてくれ」

辰巳の言葉にこたえたのは、大城だった。

「私がやりましょうね」

大城が活を入れると、我那覇は、すぐに息を吹き返した。

しばらく呆然《ぼうぜん》としていたが、大城や竜門を見て、事態を悟ったようだった。彼は上半身を起こして周囲を見回し、そして言った。

「負けちまったようだな……」

竜門が言った。

「今日、私にツキがあっただけです」

我那覇は、立ち上がろうとして、顔をしかめ、再び座り込んでしまった。

「あばらが、いっちまったようだ」

我那覇が言うとおり、肋軟骨《ろくなんこつ》が亀裂骨折《きれつこっせつ》しているかもしれない。

大城が言った。

「竜門さんは、突きと蹴りを同じところに同時に決めたのさ」

我那覇は、かぶりを振った。

「そいつは、先生の得意技じゃないですか……」

それから、竜門を見て言った。「なるほど、数少ない先生の弟子か……」

竜門は言った。

「あなたは、兄弟子です」

「よせよ。こんなヤクザ者が兄弟子だなんて……」

だが、我那覇は明らかに、まんざらでもなさそうな顔をしていた。

辰巳が言った。

「大城先生との約束は覚えているな？」

我那覇は、辰巳を見てから、今度は慎重に立ち上がった。それから、両手を辰巳の前に差し出した。

辰巳は、手錠を出し、我那覇を後ろ向きにさせて、後ろ手に手錠をかけた。

倒れていた捜査一課の二人が、意識を取り戻した。寝起きのような顔をしている二人に、辰巳が言った。

「連続傷害事件の容疑で、緊急逮捕した。身柄《ガラ》は渋谷署に運ぶが、文句はないな?」

二人は、まだきょとんとした顔をしていた。被疑者に眠らされていた彼らに異議があるはずがなかった。

24

まさに、怪我《けが》の功名というのは、このことだろう。テッド稲嶺にやられたあばらが痛まなかったら、我那覇の右正拳を食らって、竜門はしばらく眠っていたかもしれない。

最悪の場合、死んでいた。

辰巳は、まず我那覇を病院に運ぶと言っていた。あばらにひびが入っているかもしれないのだ。

その後のことは、竜門たちにはわからなかった。

竜門と大城は、宮下公園を出ると、『トレイン』に寄って一杯やった。その日、竜門は何杯飲んでも酔えなかった。

辰巳から連絡があったのは、その三日後のことだった。

焼死したホームレスについて、複数の証言を得たことから、殺人を視野に入れて再捜査が始まったということだ。

その捜査の結果がどうなるか、そして、我那覇がどれくらいの量刑になるか、竜門にはわからない。

辰巳に訊けば、ある程度のことはわかるのかもしれないが、訊こうとは思わなかった。大城も何も言わない。

大城と竜門の関わりは、ここまでなのだ。あとは、警察に任せるしかない。

大城もそう考えているようだ。彼の役割も終わったのだ。

沖縄に帰るというので、真理といっしょに羽田空港まで送って行った。その日、大城は終始笑顔だったが、やはりどこか精気がないように感じられた。

大城が保安検査場に消えていったとき、まさか、これが最後の別れになるのではないだろうなと、竜門は思った。

空港からの帰り道、真理が言った。

「大城先生、どこかお悪いんですか?」

「わかるか?」

「ええ、何となく顔色もよくないようだったし……」

「胃が悪いとおっしゃっていた」

「悪い病気じゃないでしょうね？」

「わからない。実は、病気の話をしたときに、怖くて訊けなかったんだ」

真理はあきれているだろうと思い、そっと表情をうかがうと、心底心配そうな顔をしていた。

竜門の意気地のなさよりも、今は大城の病状が気になっているようだ。

「たいしたこと、ないといいんだけど……」

「沖縄に帰ったら、入院するかもしれないと言っていた。医者と大城先生に任せるしかない。私たちには、何もできないんだ」

「何もできない……」

真理は、そうつぶやいたきり、沈黙してしまった。


大城が沖縄に帰ってから、すっかり気が抜けたようになり、ただ淡々と日々の施術をこなしていた。

空港の帰り以来、真理は大城の話をしなくなった。気にしているのはわかる。竜門も気になっている。

気になってはいるが、空港からの帰り、真理にも言ったとおり、竜門にできることはない。医者ではないのだ。

電話でもしてみようかと思うのだが、用もないのに電話をするのも不自然だ。そう思いつつも、実は、今にも沖縄から悪い知らせが来るのではないかと恐れているのだ。

久しぶりに辰巳が整体院に姿を見せた。我那覇逮捕から、一週間以上経《た》っていた。

「やっぱり、治療をサボると、ろくなことはないなあ、先生。このところ、腰が重くってしょうがない」

「そうですよ。途中で治療をやめて放っておいたら、せっかくよくなっても、元の木《もく》阿弥《あみ》ですよ」

「わかっているんだがなあ……」

辰巳は、うつぶせで溜《た》め息《いき》をついた。

この男が、ただ治療だけにやってくるとは思えない。何か言いたいに違いない。

こちらから尋ねるのもなんだか悔《くや》しい。竜門は、黙って施術を続けた。

やがて、辰巳が言った。

「捜査情報を一般人に洩らしたりしたら、クビが飛ぶんだがな……」

竜門は、返事をしなかった。

辰巳の言葉が続いた。

「我那覇のことだ。組対《そたい》が張り切って、余罪を追及している。叩けばけっこう埃《ほこり》が出るはずだ」

竜門は生返事を返す。

「仕方がありませんね」

実際に、仕方のない話だ。沖縄にいられなくなるほど暴れ回った暴力団員だ。余罪も山ほどあるに違いない。

「だがな……」

辰巳は言った。「それを立件できるかどうかは、また別問題だ。組対がほしいのは、情報だ。我那覇次第で、昔の話はかなりの部分お目こぼしになると思う」

我那覇次第というのが問題だと思った。彼が警察に協力するとは思えない。だが、それも竜門のあずかり知らぬ世界だ。

プロの世界にはいろいろなしきたりや約束事がある。意地だけで成り立っているわけではない。

我那覇だって、わざわざ自分の罪を重くしたくはないだろう。それを期待したいと、竜門は思った。

「それからな……」

辰巳の話がさらに続いた。「組対の本当の興味は我那覇の過去なんかにあるわけじゃない。やつらが、公園で張り込んでいたのを知っているだろう。ホームレス焼死事件についちゃ、組対と生安《せいあん》が興味津々《しんしん》だったわけだ。ホームレスを殺害したのが、本当に悪ガキどもで、それが半グレにつながっているとすれば、そいつらを叩くいいチャンスだ。生安の少年事件課と組対四課は、半グレに手を焼いていた。実態がつかめないからだ。この件がきっかけで大がかりな捕り物になるかもしれない。そのためにも、我那覇の供述は重要でな……」

「つまり、情報提供というわけですか？」

「そういうことだ」

「有効な情報を提供すれば、我那覇さんの罪が軽くなることもあるのですか？」

「日本の警察は、取り引きはしない」

辰巳は、冷ややかに言った後に付け加えた。

「だが、担当の捜査員や検察官の心証はずいぶんとよくなるな……」

結局、辰巳は、このことを伝えたくて、竜門のところにやってきたのだろう。我那覇は、それほどきつい量刑にはならないということらしい。

施術を終えると、竜門は言った。

「辰巳さん。言っておきたいことが二つあります」

「なんだい、先生」

「まず、定期的に治療に来ること。腰痛は完治しないと思い込んでいる人がいますが、ちゃんと治療すれば治るものなんです」

「わかったよ。なるべくちゃんと通うように心がけるよ」

「それと、ここに来るたびに面倒事を持ち込むのはやめてください」

辰巳は、にっと笑った。

「先生だって、けっこう楽しんでるんじゃないのかい？」

「はっきり言って、迷惑です。今回は、大城先生のことがありましたから協力しましたが、今後は協力はしないつもりです」

辰巳の笑いは消えない。

「まあ、承《うけたまわ》っておくよ。だが、きっと先生はまた協力してくれる。俺は、そんな気がする」

竜門は何も言わなかった。

実は、竜門も辰巳と同じようなことを考えていた。また、何か相談されたら断れない。だからこそ、悔しかった。

竜門は、辰巳の笑顔を見ないようにして施術室を出た。

金曜日の夕刻、すべての施術を終了し、後片付けを始めると、真理が施術室にやってきて言った。

「ちょっと、いいですか?」

なんだか難しい顔をしている。竜門は、片付けを続けながら言った。

「ああ、何だ?」

「先生は、私たちには何もできないと言ったけど、そんなことはないと思います」

竜門は、一瞬ぽかんと真理の顔を見た。何を言われたのか理解できなかったのだ。

「何の話だ?」

「大城先生のことです」

思い出した。空港からの帰りに話したことだ。

「俺は医者じゃないんだから、何もできないというのは事実だ」

「もし、大城先生が重病ならば、きっと心細い思いをしているはずです」

「心細いという言葉は、先生には似合わないなあ」

「どんな人だって、病気をすれば心細いものです」

こういうとき、真理は妙にしっかりしている。まるで、年上のような言い方をする。

竜門は、ついたじたじになってしまう。

「まあ、そういうものかもしれないが……」

「大城先生に、ご家族は……?」

「息子さんがおられるはずだが、東京にいると聞いたことがある。こちらで家庭を持って暮らしているんだ」

「連絡先は？」

「わからない。俺は一度も会ったことがない」

「奥さんは？」

「ずいぶん前に亡くなられたようだ。詳しくは知らないが、俺が知り合った頃、先生は一人暮らしだった」

「大城先生が東京にいらしたのは、先生に会うためじゃないんですか？」

「そうじゃない。話しただろう。渋谷で起きた連続傷害事件。その犯人が、大城先生の弟子だったんだ」

「でも、先生に会いたいという気持ちはあったはずです」

それは否定できない、と竜門は思った。

死ぬ前に、もう一度竜門に会っておきたいと思ったのだろうか。それは考えたくなかった。

真理が言った。

「できることは、いくらでもあります」

「どういうことだ？」

「明日と明後日は、土日で予約も入っていません。これから羽田に行けば、沖縄行きの最終便に間に合うと思います」

時計を見た。すでに午後六時を過ぎている。最終便は、午後八時だったと思う。たしかに真理が言うとおり、間に合わないことはないが、ぎりぎりだ。

「無茶を言うな」

竜門は言った。「先生は入院しているかもしれない。どこの病院かわからないんだ」

「そんなの、現地に行ってみれば、いくらでも調べようはあるじゃないですか」

竜門は、考えた。真理が言うとおり、明日、明後日は仕事がない。沖縄に飛ぶことを躊躇《ちゅうちょ》する理由はあるだろうか。

ない、と竜門は結論を出した。

「わかった。明日の朝、那覇に行くことにする」

「私も行きます」

「何だって？」

「私だって、大城先生が心配なんですからね」

だめだと言っても聞かないだろう。それに、だめだと言う理由も見つからない。

「わかった。じゃあ、ホテルと航空券の予約を頼む」

「わかりました」

真理は、ぱっと顔を輝かせてパソコンに向かった。

25

タクシーに乗り、那覇空港を出ると、巨大な太陽に照らされた。六月半ばの沖縄は、まだ梅雨《つゆ》明けは発表されていないものの、もうすっかり真夏の風景だった。

空の青さが東京とはまるで違う。木々の緑の濃さ、赤い花の鮮やかさが違う。濃密な南国の空気を感じる。

沖縄を訪れるのは、何年ぶりだろう。竜門は、懐かしかった。

那覇の景色は、ずいぶんと変わっていた。新しいビルが増え、街が再開発されている。だが、一歩裏道に入ると、昔ながらの沖縄がいたるところに残っていた。

真理は、沖縄が初めてだと言った。タクシーの車窓から子供のように外を眺めている。

ホテルにチェックインしてすぐに大城の自宅に向かうことにした。

そこを訪ねたのはずいぶん昔のことだ。まだ覚えているだろうか。ホテルでタクシーに乗り込むとき、ふとそんなことを思ったが、それはまったくの杞憂《きゆう》だった。

タクシーが、安里《あさと》の交差点に差しかかるあたりから、当時の景色が頭の中にありありと浮かんできた。

大城の自宅は、松川の交差点の近くにあった。

記憶を頼りに、竜門は、タクシーの運転手に指示を与えた。

「そこを側道のほうに入って、斜めに行ってください」

タクシーが細い路地を進んでいく。

「あれ……」

竜門は思わず声を洩《も》らした。

真理が尋ねる。

「どうしたんです?」

「たしか、このあたりだったんだけど……」

細い道に面した一軒家だった。赤い瓦《かわら》の典型的な沖縄の住宅で、白い塀に囲まれていた。家は大きくはなかったが、庭があり、そこに巻藁《まきわら》が立っていて、竜門はその庭で稽古したものだった。

今でもそのときの暑さを思い出す。心地よい記憶よりも、辛《つら》い記憶のほうが残り続けるものらしい。

だが、その懐かしい家はなかった。

道を間違えたのだろうか。

タクシーの運転手に頼んで、そのあたりをしばらく回ってもらった。次第に地理をはっきりと思い出してきた。

「間違いない」

竜門は言った。「ここに大城先生の自宅があったはずだ」

そこには、マンションが建っていた。六階建ての立派な建物だ。

竜門と真理はタクシーを降りた。竜門は、炎天下、白く輝くそのマンションを見上げていた。

「本当にここだったんですか?」

真理が尋ねた。

「ああ、ここだ」

「大城先生の自宅はどうなってしまったんでしょう……」

「このアパートだかマンションだかに変わってしまったことは間違いないな……」

「地上げにあったとか……」

真理が言うとおりかもしれない。自宅を追い出され、そこを更地にされて集合住宅を建てられたということだろうか……。

「とにかく、大城先生がどこにいるのかを突きとめなければならない」

竜門は、周囲を見回した。

路地の先に、クリーニング屋の看板が見える。クリーニング屋なら、近所の情報に詳しいに違いない。

そこを訪ねてみることにした。

若い女性が店番をしていた。

「すいません」

竜門が言うと、店番の娘はのんびりした口調で言った。

「いらっしゃいませ」

「ちょっとうかがいたいことがあるんですが……」

「何でしょう?」

「この先に白いマンションがありますね?」

「はい……。それが何か……?」

「昔、あそこに大城という方の家があったと思うんですが、今、その大城さんがどこにいるかご存じありませんか?」

店番の娘は目をぱちくりさせた。

「すいません。私、店を手伝っているだけで、このへんのことはわからないんです」

どうやら、店主の親戚《しんせき》か何かのようだ。

「誰か、昔のことを知っている人はいませんか?」

「今、みんな出かけているんです。それで、私が店番してるわけで……」

竜門は、礼を言って店を出た。別の店か近所の家を訪ねようと思い、アパートの前に戻った。

竜門は、真理に言った。

「古くからこのあたりに住んでいる人がいるはずだ。当たってみよう……」

そのとき、真理があんぐりと口を開けた。竜門の背後を見ている。

竜門は、振り向いた。

白いシャツに、黒い膝丈《ひざたけ》の短パンをはいた大城が立っていた。両手にスーパーかコンビニのビニール袋をぶら下げている。

大城も驚いた様子で立ち尽くしている。

三人は、時間が止まったように身動きを止めていた。

最初に声を出したのは、竜門だった。

「大城先生……」

「アキサミヨー」

大城が言った。「竜門さんに、真理さん。どうしてここにいるんだろうね」

竜門は言った。

「先生こそ、どうしてここに……」

「どうしてって……。買い物から帰ったところさ」

竜門はアパートを見上げた。

「ここが先生のご自宅でしたよね？」

「今でも、そうさ」

「え……」

そのとき、真理が言った。

「先生、これ……」

彼女はマンションの表札を指さしている。『コーポ・オオシロ』と書かれていた。

竜門は思わずつぶやいていた。

「『コーポ・オオシロ』……？」

「はい。この建物は、私が持っているのさ。私は、最上階に住んでいる。暑いから、中に入りましょうね」

竜門は狐《きつね》につままれたような気分だった。

最上階には、大城の部屋しかなかった。４ＬＤＫで、しかもＬＤＫは十畳以上あった。部屋に入ると、いきなりオリオンビールを手渡された。

「あの、先生……」

竜門は尋ねた。「入院されるんじゃなかったんですか？」

「したよ」

竜門と真理は顔を見合った。

大城の声が続く。

「検査入院で三日間」

竜門は、おそるおそる尋ねた。

「胃が悪いとおっしゃっていましたよね？」

大城が顔をしかめた。

「そう。もう少しで胃潰瘍《いかいよう》になるところだった。医者から、酒を控えるように言われた」

竜門と真理は再び顔を見合わせた。

がっくりと肩から力が抜けていくのを感じた。竜門は、呆《ほう》けたような気分で言った。

「私は、てっきり先生がもっと重い病気かと……」

「それでわざわざ東京から来てくれたわけか？」

大城は笑ってオリオンビールを飲んだ。

「先生、胃潰瘍一歩手前だったんでしょう。酒はまずいんじゃないですか？」

「ん……？　ビールは酒じゃないよ。清涼飲料水さ。それに、客が来たときは特別さ」

　心配したのが、ばからしくなってきた。

「それにしても、立派な部屋ですね」

「ＪＡから借金してさ。このマンションを建てて、今では、家賃収入で悠々自適さ」

　竜門は、真理に言った。

「やっぱり、この人のことは、心配などしなくてもよかったようだ」

　真理が言う。

「でも、無事が確認できてよかったじゃないですか。久しぶりに沖縄に来られたんだし……」

　まあ、そう考えることにするか……。

　辰巳から聞いた我那覇の話も、詳しく伝えなければならないだろう。少しでも、大城を安心させてやりたかった。

　大城が竜門に言った。

「今夜は、ゆっくり飲みましょうね」

　真理が大城に言った。

「でも、ほどほどにね」

　久しぶりに、何の心配事もなく、大城と飲むのも悪くない。そのためだけでも、沖縄に来た甲斐《かい》があったかもしれない。

どこからともなく、三線《サンシン》の音が聞こえてきて、竜門の心はゆっくりと沖縄の空気に浸っていった。

解説

関口苑生

これは以前ほかの場所でも書いたことなのだが、今野敏には種々の事情により一旦は中断、もしくは終了してしまったシリーズ作品が、その後何年か経って復活したという例がいくつか見られる。

代表的なところでは《安積警部補》のシリーズだろう。いまや今野敏の代名詞ともなっているこのシリーズは、一九八八年に《東京ベイエリア分署》として始まったが、九一年までに三作ほど刊行された後、一度中断している。しかし本人の強い熱意と地道な努力により、紆余曲折《うよきょくせつ》を経《へ》ながらもやがて《東京湾臨海署安積班》となって復活。今では日本を代表する警察小説のシリーズと認められているのは読者もご承知かと思う。

同じように《宇宙海兵隊》シリーズも、一九九〇年から九一年にかけて二作が出たが、こちらは物語がまだ途中であるにもかかわらず、突然の終了となってしまった。今野敏初めての本格的SFで、しかも愛するガンダムへのオマージュでもあった作品だけに、本人の思い入れも深かったようだ。これが復活したのは十年後の二〇〇一年。タイトルも《宇宙海兵隊ギガース》と改め、二〇一二年まで全六巻が刊行されて、読者から熱烈な支持を受けつつ大団円を迎えた。

さらには、報道番組の記者と警視庁捜査一課刑事がコンビを組む、一九九七年の『スクープですよ！』（現在は『スクープ』）は、当初は単独作品と思われたが、二〇一一年、十四年ぶりに突如二作目『ヘッドライン』が書かれ、以後は順調にシリーズとして定着している。

ちょっと変わった例では《鬼龍光一》シリーズがある。これは古代から連綿と続く〝亡者祓い〟を生業《なりわい》とする鬼道衆の物語で、最初『鬼龍』のタイトルで一九九四年に発表されたが一作だけで終わってしまう。ところが、七年後の二〇〇一年に、主人公の名前が「浩一」から「光一」に変わって（加えて版元も変わり）復活し、二〇〇三年までに二作が刊行される。そして二〇〇四年、今度はまったく別のシリーズである《警視庁捜査一課・碓氷弘一》の一作『パラレル』に、この《鬼龍光一》シリーズの面々が登場して、彼らは消えていく。だが話はこれで終わらない。それから十一年後の二〇一五年に『豹変』で再々復活して驚かせたのだった。

まだまだあるぞ。《ボディーガード工藤兵悟》のシリーズは、一九九三年から九五年にかけて三作が刊行されたがいつの間にか終わっていて、その後十七年の月日が経って『デッドエンド』が発表され甦《よみがえ》っている。

また《警視庁強行犯係・樋口顕》のシリーズも、一九九六年から二〇〇〇年にかけて三作出たが——そのうちの一作『ビート』は、今野敏自身が渾身《こんしん》の思いと力を込めた作品だったと語っていたにもかかわらず、続きが書かれることはなかった。今野ファンの間では彼の新たな警察小説シリーズと期待していただけに、この中断は残念に思う声が強かったのだが、これもまた十四年後に『廉恥』で復活。ファンを大いに喜ばせたものだった。

こうした復活劇というのは、ほかの作家でもよく見られることなのかどうかはわからないのだが単純比較はできないけれど、それでも今野敏の場合は確実にほかの方よりも多いような気がする。

そして、本書『虎の尾』(初刊は二〇一四年)は、そんな中でも際立って長い歳月の中断がある——なんと二十一年ぶりに書かれた新作なのだった。少しばかり長めのお休みをいただきました、なんていうレベルの話ではないだろう。

そもそもこのシリーズは、一九九二年『拳鬼伝』を第一作として始まった。続いて一九九三年に『賊狩り　拳鬼伝2』『鬼神島　拳鬼伝3』が出て一応終了する。それが十数年後に訪れた今野敏大ブレイクのおりに、《渋谷署強行犯係》シリーズと名称を変えて、作品のタイトルも『密闘』『義闘』『宿闘』と一新して文庫化したのだった。

その際のあとがきに、作者はこんな言葉を残している。

「このシリーズが書かれたのは、一九九二年から九三年にかけてです。当時はまったく世に受け入れられなかったのですが、もし、文庫で売れたら、新たに、第四作を書かせようと、版元では画策している様子……。あぶない、あぶない……」（二〇一一年刊行の文庫『密闘』あとがきより）

本書は、そんな作者の「危惧《きぐ》」が見事に的中（？）して生まれた一作であった……のかもしれない。しかし、ということはつまり、本人の心配（？）をよそに文庫が売れたということにもなる。それはそれでよかったと素直に思うのだが、実はそこでもうひとつ、気持ちの中の一部にちょっとした複雑な感情も湧いてくるのだった。

若干の余談になるが、今野敏本人も書いていることで、本シリーズは発表当時はあまり人気がなかったという。今思えばだが、《拳鬼伝》というシリーズのネーミングも、時代の要請とはいえ（あの頃は夢枕獏や菊地秀行を筆頭に、おどろおどろしいタイトルが主流を占めていた）、内容がよくわからないものとなっていた。さらに言えば、一作目の『拳鬼伝』の最初の文庫化（一九九九年）では、帯の惹句《じゃっく》に《整体師・竜門光一シリーズ》と謳《うた》われていたものだ。

これがまったく売れなかった。

ところが、先にも記したようにそれから十数年経って、新たに《渋谷署強行犯係》

と警察小説風にシリーズ名を変えて文庫化したところ、今度は二十一年ぶりに新作を依頼されるほどに売れたのである。

今野敏を取り巻く環境や状況など、以前とは事情が大きく変化してきたとはいえ、こうした結果をまざまざと見せつけられると、小説の評価というのは絶対的なものではなく、作者の知名度や人気、あるいは宣伝方法などに左右される、相対的なものであったのかと思わざるを得なくなってしまう。複雑な感情とはそういうことだ。

がまあ事の次第はともあれ、二十一年ぶりの渋谷署強行犯係の辰巳吾郎巡査部長と竜門光一のコンビ復活は、いろいろな意味で嬉《うれ》しく思った。ひとつにはこの種の――活劇系というのか、作品の中で空手を中心としたアクションの場面が描かれる作品が、最近ではどうも少なくなっていたことへの淋しさもあったからだ。あくまで個人的な見解だが、空手アクションの描写は今野敏の原点と思っている。アクションとは要するに動きである。動きを文章化するのである。

しかし動きというのは、たとえ一瞬で決着がつく勝負でも、思った以上に情報量は多いものだ。いい例では相撲を考えてみるといいだろう。立ち上がって、肩でぶちかまし、右を差して下手をとり、左で押っつけ、頭をつけ、一気に前へ……といった具合に、描こうと思えば動きの情報はいくらでもある。アクション場面も同様で、ましてや今野敏のように空手を教えるほどのプロならば、頭から足の爪先にいたるまでの細かい動きを全部書けるはずだ。にもかかわらず、このときに彼は右手はどうした、左手はどうした、足のさばきは、体の向きはと、細かい動きの一から十まですべてを逐一説明することは、できるだけ控えた描写を心がけているように思えるのだ。思うに、かりにそういう文章であったとしたら、読者はおそらく退屈してしまうかもしれない。小説は実技の指南書ではないからだ。小説の文章は読者に想像の余地を残しながら、読んでわくわくするようなものでなければならないからだ。たとえば――

「相手の体がゆらりと揺れた。次の瞬間、いきなり頰に衝撃がきた」

といった描写だ。一体何が起こったのか、詳細は一切書かれていない。それでも痛みや技の凄さは十二分に伝わってくる。つまり余分なことを書かずに（もしくは削って）、動きを伝えようとするのである。これがわくわくする。これが興奮する。説明と描写の違いとはこういうことだ。そのかわり、そこ（対決）にいたるまでのディテールは絶対に手を抜かない。それぞれが持つ武道技の歴史や背景、登場人物たちが立っている位置や精神状態などは子細丁寧に描いている。このメリハリが、作品全体に厚みと緊張感をもたらす要因ともなっているのだった。

今野敏は、こうした強弱というのか序破急というのか、物語の展開における妙を自然体で描いていく。そのことが一番よくわかるのが活劇系の作品とわたしは思うのだが。

本書『虎の尾』もまた、それら今野敏の魅力を存分に発揮した作品だ。辰巳と竜門は以前よりもそれぞれ十歳ほど年齢は上がっているが（アシスタントの葦沢真理だけはどうも変わっていないように思える）、このコンビのやりとりは相変わらず快調だ。事件の始まりもまったく同じ。まず辰巳が渋谷界隈《かいわい》で起こった奇妙な傷害事件の話を竜門に告げる。すると竜門は、最初は興味なさそうな素振りを見せるが、いつの間にかどっぷりと深みにはまり込んでしまうという具合だ。もちろん今回もそのお約束事は変わらない。

竜門が営む整体院を訪れた辰巳が、渋谷の宮下公園で三人組の若者が襲撃され、救急車で運ばれた事件の話をし始めるのだ。三人とも目立った外傷はないが、そのうちの二人は一瞬で関節を外されていたという。そんなことが出来る武術があるのか、辰巳は沖縄空手の達人である竜門に、言わずもがなの聞き込みをするのだった。だが、事はこれで終わりではなかった。その夜、竜門の師匠・大城盛達が沖縄から突然上京してきたのである。彼もまた、この事件のことをテレビのニュースで見て興味を持ったらしい。

かくして辰巳、竜門、大城の三人は傷害事件の犯人を探るため、夜の渋谷へ繰り出していくのだった。

ストーリー自体はきわめてシンプルなものである。それだけにわかりやすい。だが、中身はぎっしりと詰まっている。たとえば沖縄で生まれた空手と、本土に入ってきてから発達したルールのある競技（試合）を前提としたスポーツとしての空手は、まったく違うものであるとする作者の思いが熱く語られるのもそのひとつだ。あるいはまた、闘いにおける暴力に正義はあるのかという深遠な問題にも言及している。そしてもうひとつ、今野敏の作品の根底に流れている少年犯罪や若者たちの無軌道さは、一体どこでどうして生まれたのかについての考えも展開する。礼節もなければ、恥を知ることもない、わがまま放題の若者が出現してきたのは、実は大人たちの責任だと強い口調で訴えていくのだ。

こうした作者の主張は、空手アクションとは無関係のものではない。いや、むしろ空手を通してこそ生まれてくるものと言い換えてもいい。

面白い。本当に面白い小説だ。

二〇一七年二月

この作品は2014年1月徳間書店より刊行されました。
なお、本作品はフィクションであり実在の個人・団体などとは一切関係がありません。

徳間文庫

渋谷署強行犯係
虎《とら》の尾《お》

2017年3月15日 初刷
2022年6月30日 2刷

著者 今野《こんの》敏《びん》
発行者 小宮英行
発行所 株式会社徳間書店
東京都品川区上大崎三－一－一
目黒セントラルスクエア
〒141－8202
電話 編集〇三（五四〇三）四三四九
販売〇四九（二九三）五五二一
振替 〇〇一四〇－〇－四四三九二
印刷 大日本印刷株式会社
製本

ISBN978-4-19-894212-0 （乱丁、落丁本はお取りかえいたします）